Miss 柯 话廊

——温润笔触对谈三十位有态度、有行动的时代人物

苏柯诺◎著

云 南 出 版 集 团
云 南 美 术 出 版 社

图书在版编目（CIP）数据

Miss柯话廊 : 温润笔触对谈三十位有态度、有行动的
时代人物 / 苏柯诺著. —— 昆明 : 云南美术出版社,
2017.9

ISBN 978-7-5489-2894-2

Ⅰ.①M… Ⅱ.①苏… Ⅲ.①新闻采访 – 作品集 – 中
国 – 当代 Ⅳ.①I253

中国版本图书馆CIP数据核字(2017)第218332号

责任编辑： 李　林　陈铭阳　郑涵匀
封面设计： 刘学钊
责任校对： 张京宁

Miss 柯 话廊——温润笔触对谈三十位有态度、有行动的时代人物

苏柯诺　著

出版发行　云南出版集团
　　　　　云南美术出版社（昆明市环城西路609号）

开　　本　787×1092mm　1/16
印　　张　13.5
字　　数　120千
版　　次　2017年9月第1版
印　　次　2017年9月第1次印刷
印　　装　昆明富新春彩色印务有限公司
ISBN　978-7-5489-2894-2
定　　价　48.00元

如有质量问题请与印刷厂联系调换。编辑部电话：0871-64191964

30 位嘉宾书荐

美籍华人油画家尚丁：我是第一，请接着看第二。

"胡润财富排行榜"胡润：坚持做一件事，一定会有所收获，像我，像这本书的作者一样。

励志女子汪育佳：眼前的一切，就是最好的安排。

红酒、普洱茶品质生活传播者郭俊：柯诺访谈，叙聊人生，洞见美好。

《中国新闻周刊》总主笔闫肖锋：在这个宇宙留下自己的符号。

福田农园园主子彧：阅人生不同，品不同人生。

厉奇教育CEO李金泽：让人们相信他们比自己想象中更强大，每个人都能遇见更好的自己。

品牌建设及推广专家杨杰：分享，是一件开心的事，一个人与三十个人的分享是一件幸福的事，这一份分享再拿出来与万千人分享，就该是一件伟大的事了。

香港中文大学新闻学院院长冯应谦：苏柯诺笔下的故事为每个人的生命花朵添加了养分。

意大利Bologna University（博洛尼亚大学）古典学系教授Calboli夫妇：请如约而至！

麦田书店老板马力：执着地坚持做事。

马来西亚国际雷励2009年远征义工陈家怡：这人生……就一页一页慢慢地翻过去吧。

持续创业的理想主义者段秋骏：虽然亲身经历更有助成长，但偶尔停下来想想也是一种收获，来这里，听别人的故事，品自己的人生……

中国戏剧表演最高奖"梅花奖"得主杨丽琼：美好从这里开始！

85岁亲密爱人张述新与刘郁金：人间自有真情在。

An Undefined Lucy：Live life to love, love life to live. （在生活里学会爱，在爱里学会生活。）

法兰西文学艺术骑士勋章获得者包朝阳：讲述您身边人的故事，如数家珍。

云南大学教授胡其辉：人生的路上不仅要有专业，还要有拿得出手的爱好。

咖啡烘培师杨愚：阅读他们的故事，照见自己。

云南陶瓷艺术家马行云：一本现代人的云彩，那些风花雪月的故事。

探险家金飞豹：真正的行者是脚步停止的时候，思想还在远行。

诗人洪海波：一本让世界重新解读当代中国知性阶层内心世界的好书。

坚果皇后陈榆秀：坚持必有果！

Kundalini Yoga 培训导师Hari Nam Singh Khalsa：As one of the persons interviewed by this outstanding journalist, I highly recommend this must-read book which explores the thoughts and lives of these who have dared to be everything they were born to be and make this a better planet for all of us to live on.

（作为被这位出色的记者采访的嘉宾之一，我极力推荐你阅读此书。这本书汇聚了一大批不断探索生活与思考的人，他们敢于做自己，并致力更好打造我们共同生活的这个星球。）

翡翠王朝创始人杨牧仁：石经雕琢方能成美玉，人历磨难方能成大器。

油画家徐淳君：柯诺的这本"书"，会是一个另类？我不敢奢求，但在书中定会涌动出"人性"中难以挥去、各具风格的人的故事。我更想看到长久以来附着在各种"作品"身上的"人性"负重之外的"另一个世界"或者"真实的、创造性灵魂或作品",期待吧！

阿尔及利亚男孩Nabil：You are an angel.（你是一个天使。）

Joe 和 Ellie: Through her articles, Su Kenuo has really been able to share the stories of people all over the world.

（苏柯诺通过此书向我们展现了世界各地的人与他们的人生。）

日本80岁艺术印刷匠人松井勝美：From the early age of sixteen, I have devoted my life to the world of printing, testing its limits over the years.In my mind, printing is more than just an industry but a culture, a vital means of passing on tradition.It is a great honor to have been included in this wonderful project to create yet another little piece of culture with Miss Ke.Wishing you all the best.

（从16岁开始，我便日以继夜地把我的毕生精力献给了印刷事业。在我看来，印刷不仅是一份事业，更是一份文化，是传统文化最至关重要的传承展现。很荣幸能因这份际遇与柯小姐相识。祝你一切都好。）

《Miss 柯 话廊》柔性对谈三十人

导读： 向死而生的旅程不辜负。是的，只要你相信，没有去不了的地方。

《Miss柯 话廊》是一本书，也是一档节目，是苏柯诺在2014—2017年在银行与电视台以外，以《海周刊》专栏作者的第三重身份对三十位中外各行业领军人物、平凡人物的采访。

这些"有温度"的对话来自作者兼采访者苏柯诺、来自她在银行与电视台工作之余的"记者生涯"，不能不说是需要一份毅力、一份情怀的。这份力量与坚持从哪里来呢？

苏柯诺出生于世界文化遗产哈尼梯田的元阳，成长于边陲小城，却有一颗不安分的心。研究生毕业先后供职于银行和电视台，在这类国企式的机构中，苏柯诺小心翼翼保存着自己小小的棱角。2013年，在带薪假期中她争当雷励中国远征义工，是100多位华人中唯一的云南人。2014年，在昆明发起CAPE纽约Meetup话题"第三重身份——活出全新的自己"，鼓励大家积极探索、发展多维的自己并创造无限可能性。同年又创办以艺术评论与人物专访为主的新媒体《海周刊》。2015年以《海周刊》名义携手CHIN-YORK文化交流中心、昆明君乐酒店（新加坡）等共同为尼泊尔、中国西藏地震举行赈灾艺术品公益拍卖会。

带着一份永不停止的好奇，苏柯诺以云南人少有的能折腾劲头，以旺盛的精力，向我们呈现了这本《Miss柯 话廊》也算是给她那颗不安分的心一个交待吧。

肖锋：

● 历任《新周刊》《中国新闻周刊》《粤商》杂志等媒体总主笔、学术总召集人、首席分析师等

● 趋势分析师，北大社会学系毕业，师从费孝通，擅长趋势营销，担任多家知名企业及传播机构顾问

● 著有杂文集《少数派》《在大时代，过小日子》，编著《跨界营销》，译著《裸猿》

● 《中国之声》《财经郎眼》常约嘉宾、评论员

● 新浪微博@肖锋，头条号 #肖锋说趋势#，#功夫财经#嘉宾

Q&A

问：为什么想到要做这件事情？有什么触动你的人或事吗？

答：我是一个骨子里的lazy bone（懒骨头）。

专栏采访坚持四年，专栏成书还是到2017年有书中嘉宾的推动才付诸实践。其中紫陶艺术家马行云老师鼓励："柯诺，这本书将是你与几十个嘉宾一起用能量感染更多人有自己的态度、行动与生活方式的分享。"现在想来，我很感谢生命里出现的那些激将我的人，他们真的像是上帝安排好的，总在节骨眼顶顶我的脊梁骨，让我在按下出发键的路上勇敢前行。

问：对话的这三十个人物是怎么筛选的？他们有什么共同标准吗？

答：我挑选的人物特征鲜明，故事更具可塑性与传播性。

这三十位人物虽然不一定都是大腕、特别有影响力的人，但一定是术业有专攻和特别有自己想法、有思想的人。

马云说，绝大多数人都是睡前设想千条万条路，早上起来还走那条老路。

这个社会不会缺有想法的人，但缺行动力。

这三十位人物有积极的态度，更重要的是他们有行动，去试错，去格物致知，去用行动检验他们的思考，这个过程里就会产生成果，受益他人。

问：说说最艰难的一次采访，或说说最快乐的一次采访吧？

答：采访成形的都很快乐，有些还和嘉宾成为了好朋友、项目伙伴。

最艰难的采访都没有成形，都被搁浅了。

我甚至策划过采访一名罪犯嘉宾，现在回想起来，我觉得我还是蛮拼的，没有什么实际利益，就是我想采访！我想知道！我想写！

比较开心的是再次探访书中的第二位嘉宾汪育佳。

她在14岁的时候脑里长囊肿以至于整个人生都改变了。

但是她坚强，乐观。

再次见到她，她不仅有了婚姻伴侣，还实现了自己曾经想"做一个完整女人"的愿望——有了一个九个月大的女儿。

饭桌上，丈夫温文尔雅，体贴入微，女儿健康可爱。

我坐在她的对面，为她这个迪斯尼式的故事进展感到幸福。

问：有什么采访技巧或心得吗？

答：我都边采访边速记。但是这是次要的。

更重要的一点是现场交流的互动。

很多时候访谈嘉宾与主持人是不熟悉的，需要在进入正题之前暖场。

是特意的，但不是刻意的。

比如我会提前在网上搜一些嘉宾素材，但只看基本历史，评论、报道我看得很少，我不想被影响，我更希望在现场由我与他（她）的互动去建立我对他（她）的印象，这个第一手讯息必须是来自我的，才能引发我后续写字的真情实感。

暖场到位与否直接关系接下来你的采访是否深入人心与可否挖掘到独家信息。

人与人之间都有盾牌，卸下了才能坦诚相待。

每个人展现的又都是冰山一角，其他促成今天他（她）站在我面前的70%又与他（她）的成长环境、经历事件、领悟思考等有着千丝万缕的关系。

所以在与嘉宾交谈的时候，我会在心里先往后退一步，不预判、不假设，但是更温和与及时地回应他（她）的眼神、表情、动作或者问话，只有让他（她）放下了多一些的对抗，我也才能有更多一些挖掘他（她）的话语权。

问：如果做个形象的比喻，你的对话或采访像是个什么过程？哭过笑过吗？

答：我曾经很羡慕演员。每一个人都只能演绎自己的人生就时光飞逝地过完了一生。可是演员可以堂而皇之地借故领略许多种人生，这么丰富的履历在我看来实在精彩。我喜欢和别人说话，特别是在听别人讲他们的故事的时候，我会去脑补他们经历的实时画面，就像是我也经历了别人的人生。

于是我开始做这件事情，不停地听，不停地讲。这个过程，我很痴迷，在耳、眼、口、心之间也去领略"生活在别处"，不知不觉中发现我弥补了我没有成为演员的缺憾。

哭过，在采访"情趣用品"段秋骏的时候。他讲到父亲的去世勾起我也想起离开亲人的伤心，肆无忌惮地在他的高尔夫会所面对着怡人美景嗷嗷大哭起来，把他吓住了："柯诺，太不好意思了，第一次见你就让你哭得这么伤心。"

问：在银行与电视台及第三重身份"专栏作者"各职业中，你收获最大的是哪个？为什么这么分裂？这就是所谓"斜杠青年"吗？

答：我从来都不是"斜杠青年"，用别人打趣我的话说我是单细胞动物，就是只能单一做一件事。但我的确从事过银行、电视台的工作，坚持做义工，还有一个叫《海周刊》的公众号。庆幸的是，无论外在看似多么繁复，坚持在做的事情从来没有停止过。

问：你的人生格言是什么？

答：向死而生的旅程不辜负。

我挺晚熟的，毕业以后的这五年才活得比较使劲儿，尽管和别人比还要lazy bone一些。王小慧说对于艺术家来说，痛苦是滋养。我不是艺术家，但我的确有得益于痛苦而蜕变的经历。人生这趟路上从一开始，你就要去学会不断地失去，并在失去里不断地调整自己再去不断地丰富自己。

就像马云在十年前出版他故事的《阿里巴巴》里讲到的：五年的苦难是我一生最大的财富。以极其积极的行动面对所有的困难，彩虹自己会偷偷地出现在你的面前。

我也是顿悟了一样，整个人豁达很多，开始去世界各地看更多以前没见过的风景，会主动去和自己完全不一样的人聊天、听他们的故事，做更多只要是够得着就想去尝试的事情。因为我是真切地失去过的人，那份生命里不可承受之轻手把手教给我珍视，珍视生命让我遇见的人和物。

问：元阳给了你什么？父母又给了你什么？

答：元阳位于哀牢山脚下的红河谷。爷爷奶奶外公外婆因为支援边疆去到那里。我的父母在元阳的傣族村寨当了中国最后一届知青。我也顺理成章出生和成长在那里，虽然只有九年。

我觉得一个人的秉性在六岁以前就会有基调，我在那里习得真诚、淳朴与美好。

我记忆里的元阳不是现在的行政区所在地，是老城，接近世界文化遗产哈尼梯田景区，要绕着弯弯曲曲的山路、路过可能发生泥石流与塌方的险境到达海拔更高的山腰上。一路上运气好时还能见到辽阔的云海，真是美景与险象相伴。我觉得实在是太不可思议了，我竟然是出生在这么个群山环抱的小城，从这个小城走向世界还要历经险象环生。

可是，我又记起我在纽约哥伦比亚大学和一群南美洲的新闻系女孩们聊天，她们问我，你的家乡什么样？我正在想要如何描述，身后的大屏幕里就跳出了元阳哈尼梯田的照片。

是的，只要你相信，没有去不了的地方。

目　录

尚丁：我遇见尚丁的《American Dream》

【朴素与真挚的】

尚丁，河北定县人，生于云南昆明，美籍华人油画家，中国当代著名油画家，1988年赴美，1991年破例成为首位非美国籍的全美艺术家组织成员。1974年，"纪念中华人民共和国成立二十五周年全国美术作品展"中，20岁的年轻士兵尚丁的油画《连续作战》让众人惊叹，第二年，它被印制成500万张的特种邮票在全国发行。

尚丁作品现为美国丹佛艺术博物馆、中国美术馆、中国人民解放军军事博物馆、中国画院、宁波美术馆、江西井冈山革命纪念馆、北京卢沟桥抗日战争纪念馆、昆明市博物馆等机构收藏。另有美国、英国、法国、瑞典、瑞士、日本、印度尼西亚、新加坡及中国台湾、中国香港等国家和地区私人收藏家收藏。

《American Dream》

《American Dream》，这幅画是尚丁先生根据二十五年前在纽约地铁里拍下的一幅照片，一个月以前开始绘画。所以这幅画尚未面世。

这幅画是尚丁先生诸多作品中我情有独钟的。我想，它有我的心境，尚未达到却一直在追寻的某种，情愫。

当时，在尚丁先生设在云南艺术学院美术馆附近的工作室里，和我共同欣赏这幅画的有我的朋友、在中国学医七年的印度姑娘Soumya，昆明佛学研究会秘书长程居士和他的两位弟子，还有前《秘境PHOTO》（国内第一本国际化的影像发展与创新杂志）编务总监洪老师。

《American Dream》

我问："它有题目吗？"

尚丁先生微微一笑说："有几个。《New York subway》《The last train》或者《American Dream》，每个在纽约的人都怀揣一个美国梦。"停顿了片刻，他继续解释："二十五年前，苏联解体，许多东欧人渴望有真正选择自己生活的权利。新大陆、新生活，一切都是崭新的。我在纽约地铁里见到这个小伙子，他应该不是美国人，更像来自东欧的俄罗斯人。他睡得那么甜畅，旁若无人。"

大家讨论各自对画中人物的直观感受。程居士说："我不喜欢他的状态，看了让我很想昏昏欲睡，打不起精神。"洪老师说："他应该是很累了，才熟睡的。"Soumya说："Work hard achieve your goal, then enjoy life whichever way you want."（"努力达成你的目标，然后便可实现你的心中所想。"）

然后，轮到我，我迟疑了片刻，因为我的第一直觉真的与他们的看法太不一样。当然我还是很利索地把它们通通表达了出来："我羡慕他！无论他是太累还是贪睡，至少他可以睡得坦荡，你看他完全进入梦乡的神态仿佛已经忘记他正在地铁这样一个公共场合里！

其实，我只是，想起我的很多"假惺惺"。

比如与客户的谈判桌上，我的心里不止一次呐喊过："我要把十个脚趾从高跟鞋里拿出来晾晾，或者索性抬到桌上！我要摊靠在椅背上！"……事实是我"端庄"地昂首挺胸、面挂笑容持续了不止一个小时。

比如只要收到热忱的聚会邀约，我总是不好意思拒绝前往。尽管那个时间里我原本给自己安排的是原文书的两章阅读，或者一套需要持续跟进的有氧运动，再或者其实我已经很累了需要及时补充睡眠。我无法说服自己把这些

"不足挂齿"与"人情"相提并论。

　　终于在尚丁先生的《American Dream》里，我蓦然发现那个男孩是我的DREAM！当时，Soumya在我的身旁，她不紧不慢地说："In the painting drawn by Mr. Shang-it seems to me that he is trying to portray freedom and the judgement free environment in America. Be free to relax whenever and wherever you want."（"从尚丁先生的这幅画中，我看出他努力通过绘画诠释自由以及表达美国自在的人文环境。在那里，无论何时何地你都是自在的。"）

保持饥饿感，保持前进

　　不知者无畏，放在我身上最好不过。第一次见到他，

1975年，20岁的年轻士兵尚丁的油画《连续作战》被印制成500万张的特种邮票在全国发行

我并不清楚"尚丁代表了什么"？在南亚星河街的几把藤编椅上，我与一些画家坐在一起。他们的行业是我完全陌生的，仅凭这一点我便释然：对于陌生的彼此来说，我们是相互平等的，所有的过往都不用计较。

于是我冗长地、毫无逻辑顺序地和他扯起我曾经申请留学美国的故事，仅只是因为我听说他旅美二十年。他居然耐心地当起了我的听众，中途很好奇地向我抛出一些问题，并坚定地告诉我要坚持和实践自己的想法。我觉得我们有共通的地方：对新事物的关注与好奇并有意愿去了解。就像最近一次我问他："您相信命运吗？会不会觉得您现在所拥有的是命中注定？"他答我："是吗？**我更倾向于一种最自然的状态，保持饥饿感，保持前进。**"直到要写这篇文章，我才去搜索了关于尚丁的故事。太多的评论和报道，让我吃惊于自己当时怎么能那么大胆地让一位大师甘当我的听众那么长时间。回想起那么多人由衷地爱看他的画，那些千里迢迢来看画的年轻人簇拥着他说："您的画让我们温暖。"因为他们被朴素的却是最真挚的情感打动了。就像他打动我的是他在面对我这个无畏的无知者时表现的是一如往常的谦逊、尊重和鼓励。

而我，又有没有打动过人呢？

写于 2014 年 4 月 24 日

汪育佳：无限大的汪育佳

【"在默默无闻的人身上，自有隐形的恩宠之光"】

那个本来可以做舞蹈家的女孩承接命运当头棒喝，她没有倒下，却是以更好的姿态，如山间明亮的清晨，如道路上温暖的阳光，在人生的拐角处开启无限大。她让我想起《圣经》里的句子：所有挫折都是下一个起点，都是养分，都是荣耀。

折翼的天使

本文中的照片是我在Jazz（爵士）舞蹈课上认识的一位女孩帮我拍的。一个半小时里她默默地蹲在我周围拍下了300多张照片。她说在这以前从来没有对拍摄这么入迷，只因从镜头里她看到的不仅有我，还有她也在跳。

因为她很喜欢舞蹈。

因为她不能跳舞。

我们一年半前在Jazz课上认识。她过来对我打招呼："看你那么文静，跳起来像换了个人！"我冲她嘿嘿笑："大学时我是街舞课上的领舞。你跳得也很棒！"她腼腆地微笑："我很喜欢跳舞！可是好几个教学区都在委婉地要我退课。"

犹豫了一会儿，她开始对着我这个第一次见面的陌生人讲起了自己的故事。她叫汪育佳。父母都是开明的知识分子，工作勤勉，家庭温馨，他们给她从小的民主和信任。学龄前，父亲就让她每天听英语儿歌，虽然不懂单词，她却可以清晰地哼唱。小学搬新家时，父亲主动让出30平方米的最大卧室，说："你睡这间吧，可以在里面尽情唱歌、跳舞、画画。"从记事起，佳佳总会真诚地与每一个遇到的人微笑和说话，即使是陌生人。从幼儿园到初中，很有感染力的微笑、出色的学习成绩和浑然天成的舞蹈天赋让她一直在学校很受欢迎。

2002年9月12日。母亲说，她永远不会忘记这一天。这是佳佳初三开学的第12天，放学回家后，她在沙发上睡着了。一个小时后，她的第一次癫痫发作了。医生诊断的化验结果吓住了全家：她的大脑里长了一个鸡蛋大的囊肿，而且全被脑神经的蛛网膜包裹。这意味着即使能够开颅成功，也没有任何一位医生敢确保在剥离囊肿的过程中不会碰到任何一根神经诱发任何后遗症。但是，如果没有及时和有效的治疗，这颗不断长大的囊肿会压迫脑神经继而引发更多的危险。

母亲说，她和父亲从未想过放弃。那么天

佳佳在舞蹈课上拍下的作者

真烂漫的孩子给到身边的每一个人都是满满的快乐，他们决不能让她失望。像热锅上的蚂蚁四处求医的一年以后，北京的一家医院终于同意接收她并进行开颅手术，不进行切除，而是植入一根导管引流囊肿分泌的脑积液抑制它的生长，但是不能保证癫痫停止。佳佳和其他几个孩子住同一间病房，手术前她们都会互相鼓励。那天，佳佳先进行手术，她鼓励随后的同龄女孩要勇敢。可惜那位女孩手术后却再也没能下地走路了。从那时起佳佳更坚信，无论如何，自己也要勇敢地、努力地好好活下去。

手术很成功，已经休学一年的佳佳和父母辩论："你们不是从小对我讲知识改变命运吗？那么我要上学！"中途休学两次，念了三次初二的佳佳在父母、老师和同学的帮助下，最终顺利毕业。

由于癫痫的间歇性发作，佳佳最终停止了求学路。令她最无奈的是医生的医嘱："远离一切会刺激大脑的事物，包括上网和跳舞。看电视要限时，吃东西要忌口。"

放弃了自己热爱的舞蹈，每半个月使用电脑不超过一小时，每天晚上十点应睡觉，不停地吃药以及经常晕倒在路边，有一次醒来时包里的手机已经被偷了……佳佳认为自己命运的乾坤大挪移实在不可思议！"为什么上帝选择的是我？"她大哭，和父母争吵，颓废……但是第二天醒来，她依然会鼓励自己："一定要坚强地活下去！"

终于，佳佳决定不再躲在父母的庇护下，她说服他们同意她出去找工作！第一份工作是在一家影楼做销售。站在大街上发放宣传单的前半个小时里，她的内心非常煎熬："生病以前自己是多么唾弃街上这些发广告的人啊！命运没有掌握在我的手里！可是……要继续回到家，一辈子接受父母的庇护吗？不，不行！"她开始观察身边的同事，听他们喊"帅哥""美女"，看路人的反应，摸索总结：我想称呼'先生、女士'更好；不是一味地塞传单给对方，还要看他或她是否有意愿参与。"于是，佳佳开始喊起来，如果路人愿意暂时停下脚步，她会立刻抓住时机抓住重点为客户解答。两个月里，真诚的服务、机智的应变和流利的口才让她的业绩一直保持第一。而她经手的客户几乎和她成为了朋友，有些甚至成了知己。

时间一刻不停地往前走。其间佳佳更换了工作、认识新朋友、有更多的故事，但唯一没变的是每次晕倒再醒过来时心里的彷徨："命运一次又一次的考验，我究竟可以从中获得些什么？"

2003年，孙燕姿的《遇见》唱遍大街小巷。"总有一天，我的谜底会揭开。"佳佳不知道歌手和歌名，只记得那几句让她共鸣的歌词，便疯跑到音像店买下了自己拥有的孙燕姿第一张专辑，并带动父母一起成为了"姿迷"。

《遇见》

故事讲到这里，再把对焦拉回我们相遇的那个晚上。佳佳想去我家参观，我欣然答应了。事后，家人和好友责备我怎能如此大胆地在只有一个人在家时就允许才第一天认识的陌生人进家呢。即使她的故事是真的，如果中途她发病了我又该怎么办？

我不置可否。我只是推测她平时的倾诉对象只有父母，那么会更渴望接触更多的人。我只是看着她真诚的双眼，我敏感的直觉告诉我她应该没有欺骗我，那我又怎能把这样的她失落地留在这个逐渐夜深的荒凉街道呢。

走在我们小区的花园里，她高兴得唱起歌来。突然，她停止了说话，背对我一动不动。我走过去刚拉住她，她就倒了下去，我没支撑住，我们一起摔在了地上。还好她的头颅一直枕在我的手臂里。她昏迷了。有路人询问是否需要帮忙。我微笑拒绝了。其实我的心里很惶恐，这是第一次处理这样的事情，而在我怀里躺着的是一个鲜活的生

在全省中学生文艺汇演上，佳佳导演、编排并领舞的广播体操颇受好评

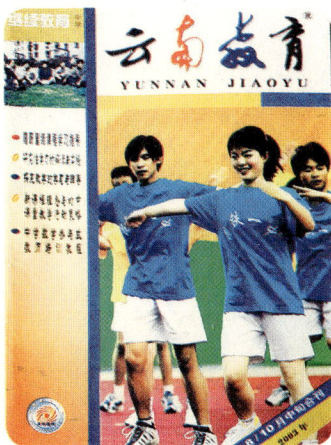

佳佳成为《云南教育》的封面人物

命。我回忆在路上她告诉我的苏醒方法，不断掐她的人中，镇静地、轻轻地呼唤她："佳佳，佳佳。没事的，放心吧。佳佳，能听到我说话吗？"几分钟以后，我舒了一口气，她醒了。

佳佳说自己也许是上帝眷顾的宠儿。在这十多年的数次晕倒里，一个人醒来的时候，身边总会有热心帮助的陌生人陪伴。有一次她跑去成都看孙燕姿的音乐会，半路晕倒了，一位大三的男生一直在医院等到佳佳的母亲从云南赶来才离开。她真心地感恩成长路上每一个帮助过她的路人。包括那个跳舞的晚上她遇见的我。

上周我受邀去佳佳家吃饭。她的父母一如佳佳口中的开明、亲切，他们给了佳佳良好的生活环境和很棒的教育理念。饭桌上汪爸爸的"汪氏回锅肉"口感极佳。

"三受心得"

那个晚上，佳佳与我分享了她的"三受心得"：

"在这个物质纷繁、诱惑颇多、攀比费劲的年代，怎样让自己不受捆绑、心情舒畅呢？我想，要学会'三受'——接受、承受、忍受，最后你才能好受。"

"接受，放下端着的心，用谦卑的力量在承认事实的基础上接纳现实。即使你是一个生活中的强者也应当主动谦虚地接受。"

"承受，考验和锻炼一个人的过程。不是外在的抗

作为一名"姿迷"，佳佳的专注使孙燕姿那时身边的工作人员认识了她。某个深夜她与工作人员聊了自己的故事，并承诺她不会公开任何她与孙燕姿的合影来炒作，所以在这里没有公开她们的合影

压，而是内心释放的能力，当你将喜爱、失望、忧虑、悲哀甚至更多的内心感受转化为冷静、淡然、理性的内心去感受时，你会释放。在承受中享受人生的喜怒哀乐不也是一种幸福吗？"

"忍受。分开来看：**忍是一种智慧，受是一种胸怀**。忍不住枯燥乏味的生活、周围的冷嘲热讽，就用受得了的胸怀去包容，换取时间去寻找真正适合的空间。"

"所以，**忍受不是消极而是用智慧的胸怀赢得更多时间改变现状。最后，你变得好受了！**"

文末，请允许我在心里为她轻轻吟唱孙燕姿最新专辑《克卜勒》里的《无限大》。据我们的主人公说，《无限大》可以让我们在经历人生各种转角后心更坚强、博大、开阔。因为，"某个转角，真的无限大。"

写于 2014 年 5 月 25 日

马力：马力与麦田书店

【我想我只能写出 1/10 的马力】

马力和他的麦田书店，就好像100多年前开在巴塞罗那的LondonBar，太多能说会道的人已经光顾，而我如有一点儿评价失当，也许会被"粉身碎骨"。

麦田书店——云南独立书店，成立于2001年，2009年获"最佳小书店"奖。曾独立出版凯鲁亚克地下翻译本《大瑟尔》、于坚诗歌《便条集》等读物。策划多种文化相关活动。

塞林格咖啡馆——钱局街白云巷内，作为麦田书店的延伸，是一个具有独立精神的、有灵魂和文化内涵的咖啡馆/书吧，在未来能够成为一个知识碰撞、精神交流、才智汇聚的平台。

"奇怪的日子"乐队——不定期地在本地演出，目标涉及实验电子、实验氛围、厉摇风格。

它们的创办者是接下来我即将讲到的马力。

Miss 柯 话廊——温润笔触对谈三十位有态度、有行动的时代人物

麦田书店一角

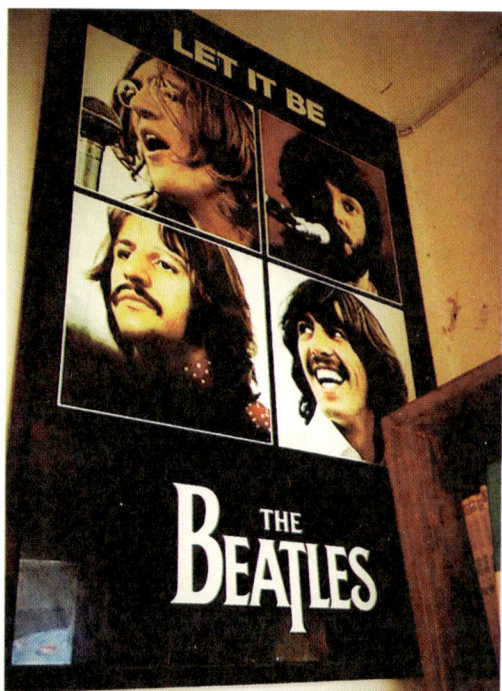

"昆明文艺地图的中心"

在《出版商务周报》公布的"新知杯·2009民营书业评选获奖名单"里，麦田书店获2009年度中国"最佳小书店"奖。授奖词说："马力老板率性经营着云南麦田书店，诗人、独立音乐人、文艺书虫经常出没于此。作为昆明文艺地图的中心，麦田书店为我们阐释了10平方米书店成功的可能性。"马力在接受记者采访时说，他认为自己只是出售小众图书，还不至于获奖。但读者们联名推荐，最终真的获奖了。马力纯粹地只想开一家自己喜欢的书店的初衷与他的麦田书店一起坚守了十几年的同时，竟衍生了大拨与他的阅读体验趣味相投的读者。

马力对我说他是交流障碍者。我们的第一次对话，他单刀直入："你的问题是哪些？要不然我得和朋友一起弄音响了！"我干脆地回道："你去吧！我偷看会儿书！"在几乎没有对话的一个小时里，我爬格子般穿梭在马力的各个书架间，经常讶异这些作者或者那些书名，更多时候是我尚未知晓的流派映入眼帘，我在心里想：马力是得有多久的火候才能在眼球经济盛行的快餐文化里慧眼识珠去发现那些咀嚼劲道的书籍。

除了书籍，还有满满一架子的音乐CD。他和朋友乐此不疲地试听好几种rock摇滚曲风，朋友大赞音响处理声音细节的高妙之处，马力不动声色站在一旁，抿嘴仔细倾听着，好一会儿露出浅浅的笑容，简短、小声地说："是。"我被那震耳欲聋的音乐吵得不能再看书，回头问他们这支乐队叫啥名？"VanHalen。"马力还是面无表情地回答。

文墨书香的满满一屋子的书籍和噼里啪啦的音符杂糅在一起，美女与野兽的结合？也许，这就是我一直想写马力的鬼使神差。

在每期的专栏嘉宾面前，我不喜欢带着速记本，完成任务般地正襟危坐。要知道写这个专栏的初衷就是经历一个喜好，是自己愿意与别人唠嗑别处生活的延伸。那么，我希望，在他或者她面前，惬意地聊天中不经意间便交汇了。

于是第二个周末的中午，我又来了。在只有10平方米的麦田书店门口的石凳上，我吃着炒年糕，马力划着大碗小锅米线，我们瞎侃起来。一直有读者来咨询，几个人、

几对情侣，有时亦或是拉着行李箱、打扮时尚的老太太。他们掏出便签、早已准备好的纸条或者是写好的书单，一一探寻他们想要查找的书籍或者唱片。或者只是一些做足了攻略、慕名前来一看究竟的旅行者。预订书目、咨询出版社或者是被要求推荐书系，远远地，我看着马力与他亲爱的读者们交流着，这时候，他没有一点儿交流障碍，还是话不多，还是声音轻小，基本没有眉飞色舞，却从与来访者对话的眉眼间感受到欣喜。

马力的第三重身份

与马力携手十几年的不只有麦田书店。他还有一支低调的乐队名叫"奇怪的日子"。网易娱乐上是这样介绍的：乐队名字取自"TheDoor"的歌名。从2000年开始实验音乐创作，风格跨越即兴、电子、后摇等。2001年，乐队成立独立厂牌"高原反应工作室"（P.R.S Product），该厂牌是云南首家对实验及氛围音乐进行推广与制作的单位，目标涉及实验电子、实验氛围、舞曲噪音、氛围工业等风格。2001年10月，P.R.S发行demo（样片）《声音之外》。2006年5月，乐队发行EP（extendcd-play的简称，密纹唱片）《简体》。在豆瓣上也有这支乐队的专页，其中一段话看上去更像是马力的独白："这不是摇滚，'奇怪的日子'试图用'声音实验'来证明他们可以玩得更加纯粹，而最大的快乐与缺憾似乎都是硬件上的问题。我不知道这样定义是否合适，但的确没有人能慷慨地给予或预知未来，我们只能拭目以待了。"

除了乐队主力的身份，马力从2013年开始又多了"塞林格咖啡馆"老板的身份。咖啡馆解决了马力以前主办读书交流会、音乐会和主题沙龙的场地难题。

我想，我只能写出1/10的马力。因为我还没有看过他的演出，或是坐在塞林格参与他举办的活动。而这些片段又将勾勒出马力的其他轮廓。

马力说开书店是他的一种生活方式。他不否认我称呼他为理想主义者。我问他对理想主义的定义。马力淡淡地笑起来，自嘲说："乱精神，执着地坚持做事。"就像我问他一天的作息时间，他说大多数时候在书店度过，每天坚持至少1至2小时的阅读，不限于散文、宗教、小说和哲

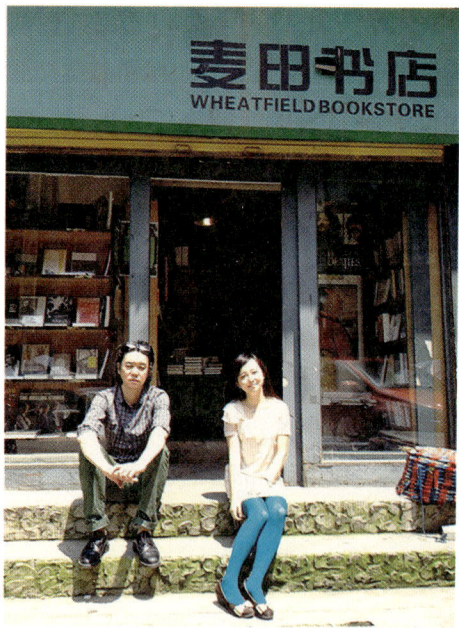

马力与作者

学，再前往"塞林格咖啡馆"招呼生意。每天不阅读，他会堵得慌。

七月的昆明正值雨季，早上的倾盆大雨一度让我担心中午的出行，而此刻晴空万里，热淌淌的阳光洒进我们入坐的这条小巷，周围已经是很旧的居民小区。对面是一家进口食品店，然后是一家寿司店，再过去是马力经常吃午餐的大理小吃店。因为靠近洋人街，有租住的老外经常进出巷口。还有附近师大附小的小学生经常拖着大书包走过。

无异于其他巷子的文林街天君殿巷内，马力的"麦田书店"几个字在墨蓝色的背景下被阳光照耀得闪闪发亮。坐在麦田书店门口，我想我至少得到了一个答案，这些浩瀚如海的书籍、这些五光十色的唱片应当是出自马力坚持不懈二十年执着的扎实沉淀之上。而马力将是他精心耕耘的那片麦田里最沉甸甸的一粒麦穗。因为成熟，低下了高贵的头。

写于 2014 年 7 月 6 日

子彧：面向农园，心暖花开

【Women Up】

当我们谈论"女人"的时候，是在谈什么？职场女性、女儿、妻子、妈妈，女人由内而外散发的爱、力量、光芒与气质都在彰显着人类里之于"男人"的另一个独特个体。

法国20世纪女性主义经典文学家波伏娃在《第二性》中有一段对女性的浪漫阐述：

这个独一无二的女人，既有血有肉又是人造的，既是自然的又是有人性的女人，与超现实主义者喜爱的朦胧对象有着同样的诱惑力：她像诗人在跳蚤市场发现或者在梦幻中创造了调羹—鞋子、桌子—狼、大理石般的糖；她深入到突然显示出真实性的熟悉对象的秘密中，深入到植物和石头的秘密中。

今天我邀请到的嘉宾子彧也会有自己对于女性的全面诠释，她说："生活中，我们一直在寻找我们到底想要什么样的生活？我是一边过着我要的生活一边在寻找我的终极幸福生活方向。当然或许没有终极幸福……"

"归园田居"

子或是一个标准山东大美女：高个长腿，身材姣好，长长的颈项上是一张巴掌大的小脸，五官无特殊，但组合在一起的整个人冥冥中透出一股有魔力的气场。更重要的是，她不化妆，素颜，穿麻布长衫，简洁干净，说话不紧不慢、条理清晰，她喜欢这样开头："亲爱的，你看这件事情我们可以这样想吗？"

在昆曲高速昆明通往小哨的岔路上，一个叫兔耳关的地方有大片的农田。其中有个家庭体验式农园的女主人叫子或。她把十几亩田地按30平方米为单位划分，租地地主每年交租，种自己喜欢的蔬果，由她的农园负责种、收和送。会员们都亲切地称呼她为"包租婆"。除了有新鲜的蔬果供给外，她的农园还给每位会员在家门口配备一只塑料桶，会员们把废弃的蔬菜果皮囤满桶后，她会亲自收回农庄进行酵素发酵，发酵后的液体就可以成为园内的天然有机肥。同时，子或还通过制作酵素及自然疗法等方式，向会员们传导养生之道。会员们经常在周末驱车前往农庄，带着孩子下地采摘蔬果、体验耕种给人带来的身心愉悦，或在古朴的木屋下快乐地烧烤，也可在小小的高尔夫果岭上享受推杆入洞的快感。

但这些还不是我要向你交代的子或的全部。十年前的她和现在截然不同。电视

台的主播、地产公司的副总、喜欢大手笔购入奢侈品、事业发展的光环和无数青睐她的青年才俊，这些美轮美奂的五光十色并未在她的灵魂里停留太久。驰骋在夜晚光影交错的马路上，子或握着汽车的方向盘，却找不到自己的方向。

28岁的时候，子或遇到生命中的男子。比自己长六岁的美国华人Dennis回国探亲，缘分让两位相爱的人携手相守。在某次朋友邀约的国学论坛上，子或夫妇被"道法自然"感染：以生命为中心的物质循环。子或向老公描述一直的梦想：拥有一片田园，回归自然的恬静生活。老公很是赞同，于是"归园田居"的日子记上日程，并最终演变为我初次看见她的样子：在一片菜地里，一个高个子的女子盘着一个发髻，穿着深灰麻布长衫，脚上套着一双塑胶鞋，踩在刚下过雨的泥巴里，专心地摘下藤上刚结的果子。看到我们来了，抬起头，微笑间露出洁白的牙齿，眼神清亮，用山东大妞特有的爽朗音调说："快到木屋下躲雨，生态大餐一会儿就好！"

席间，一岁半的小儿子Enrique一直围在妈妈身边。目前，子或已经是两个孩子的妈妈。对于妻子、母亲、农场主的角色身份，子彧似乎衔接得无比轻巧。

活出自己的女人味

在Facebook首席运营官Sheryl Sandberg专为女性写的著作《Lean In》里，她激励女性勇于接受挑战，满怀热情地追求自己的人生目标。"Done is better than perfect."（"行动力胜过一切。"）而整个夏天我在研读的波伏娃（Simone de Beauvoir）的《第二性》里，一开始她就自语："一个男人不会想到去写一本男性在人类中占据的特殊位置的书。男人永远不会一开始就自称是某种性别的人：他就是男人，这是毫无疑问的……长时间以来我犹豫不定，是否写一本关于女人的书……我们将按女人的观点描绘她们固有的世界，女人竭力摆脱给她们划定的范围，尽力参与到人类的共在中遇到怎样的问题。"那么，活生生坐在我面前的子彧，这些理论将在她的实践里得到怎样的演绎？

子彧说，爱是一切的答案。**人应该是由内而外的，他/她是否顺应自己的内心、认可自己的一切，这些对于客观环境的改善有着莫大的影响力。在婚姻里，如果一名女性无法认同自己，和任何一名男性结合都是不幸的；同样，她修炼好了自己，嫁给任何一名男性都不是问题。因为，亲爱的，外面没有别人，只有自己。**在教育孩子方面，子彧将自己"道法自然"的修行延伸进来，不同于常见的妈妈们的焦虑、要为孩子挡下所有的痛苦，子彧更愿意祝福孩子，陪伴在他们身边，让他们自己亲历磨难，并见证他们在磨难中完全地成长。

最后，对于自身的修行，子彧认为那是永无止境的。比如从一个雷厉风行的女老板到褪下光环、默默无闻的女主妇，第一年她很不习惯，甚至和老公又吵又闹，但是，某一天她静下心来仔细思考：当初的选择没有任何一个外界的因素来逼迫自己，那么，是别人错了，还是自己？最后，她调整自己去履行知行合一，跟上预定轨道。再比如，我问她如果不一起操心老公的事业最终是否也会影响家庭生活？子彧智慧地微笑："每个人都有自己的轨道。外界干涉不了。他如果失败了，那是他的事情。我不会插手。当然，他是我最爱的人，为此，我愿意陪伴在他身边，默默为他祝福。"

在开启这个主题的采访前，我对两类朋友做了两个调查。第一个是调查我身边的任何婚姻状态的女性朋友：如何定义自己是什么样的女性？给出的答案大抵是：智慧、快乐、宽广。第二个调查随机抽取了不同城市、不同职业的已婚男性朋友：当你"敢"和她结婚的时候，主客观条件存在着哪些？其中一位研究心理学的男士回答好全面："主观条件：有原始冲动；基因决定他会爱上谁，潜意识告诉他缺什么就要找什么来弥补；有依恋；有相近的价值观。客观条件：持家有道；善良，避免在外面穷尽脑汁，回家还要斗智斗勇；聪明，能给下一代更好的教育；接替他妈妈的工作，把男人管好，照顾好；懂得示弱。"

以上所有的话题、讨论和思考都只是为你提供一些参考。我们无法复制子彧，但是，我想，我们可以活出属于自己的女人味。

写于 2014 年 7 月 21 日

肖锋：等待敢于抗争的 80 后

【老辣肖锋】

闫肖锋，《新周刊》前总主笔，现为《中国新闻周刊》总主笔，广东卫视《财经郎眼》嘉宾。北京大学社会学硕士，师从费孝通教授。著有杂文集《少数派》，编著《跨界营销》，译著《裸猿》。擅长于社会趋势分析，善于对社会热点作社会学解读。

北京市朝阳区SOHO现代城39楼，《新周刊》的北京办公室设在这里。会客室是一套三室一厅的复式洋房。白色的书架上陈列了从1996年出刊至今各个时期的《新周刊》，墙上还分别两处陈列了陈丹青的书法题辞：新周书房。洗手间更有广告界老倌的味道：各色美女翘臀、搔首弄姿入厕的创意广告图挤满墙面。

低调内敛的《新周刊》总主笔闫肖锋坐在一扇落地窗前的沙发里，瘦削的面庞上却满是不刻意的亲切。业界包括他自己更喜欢"肖锋"的称呼。曾看见一位微博朋友记录某一天听讲论坛的收获："听新书发布会，三个嘉宾，蒋方舟大名如雷贯耳，东东枪略有耳闻，闫肖锋从未听过，陌生到被主持人报漏了姓氏，然而，三人的思维层面

会面"教人思考"的肖锋

与深度，却与名气恰相反，听卿一言受益良多，如此参差值得玩味。"暗暗窃笑肖锋老使用自己的名以至于名气找不着姓氏之外，更想分享他被外界所传言的"教人思考"的肖锋笔锋：（以下节选来自肖锋在《新周刊》十五年特刊上的文章）

"中国不缺'中国制造'，中国缺'中国创造'。'中国制造'是以牺牲子孙后代的碧水蓝天为代价的。

中国不缺历史，但我们需要更多的历史反思。如何避免人治，如何抛却救世主情结，走向现代型法治社会是一个绕不开的课题。

中国不缺实用主义，但我们需要更多的未雨绸缪和细致规划，既发展经济，又保住城市文脉。

中国不缺维权意识，但维权机制有待完善。无恒产便无恒心，一切现代社会制度都无从谈起。

中国不缺潜规则，中国缺对公平、公正、公开的明规则的严格遵守。没有明规则，短期行为盛行。

中国不缺人才，中国缺想象力。没有想象力的国家只能是急功近利的国家。

中国不缺教育，中国缺没有奥数和各种培训班的童年。中国的应试教育正以牺牲童年幸福为代价应替以素质教育。

中国不缺'德'，中国缺'德行'。德之不行，永远只是空洞的训令。

中国不缺'心眼'，中国不缺'精明'，但唯有大智慧方能使社会有共识。

中国不缺膜拜，中国缺共信共享的价值观。烧香拜佛不是行贿神灵，而是求诸自己的良知。

中国不缺知识，中国缺常识。没有常识的社会只能听凭谣言四起。

中国不缺解释者，中国缺提问者。中国不缺拥护者，中国缺质疑者。

中国不缺创意部门，中国缺创意部。

中国不缺刀柄，中国缺刀锋……"

"你是哪里人"

肖锋感慨，如今的社会环境里，一个当代人要定义自己何其困难！首先，"你是哪里人"这个问题就很难回答，尤其是现在60%的80后都没有生活在自己的出生地，而一个人的三观形成地更多来源于他在青春期、上大学以及刚参加工作的地方，而那里与户口本上的出生地也许毫无关联。这是肖锋认为的第一层定位焦虑。

第二层是身份困惑。比如年轻人更崇尚西方品牌，从头到脚都是洋货包装，却说不出品牌在该国的悠久来历，他是外国人吗？不是。他是如假包换黑发黄肤的中国人，但他讲不清中国的悠久文化，更不用说知晓国学、会写繁体字。从出生开始不停往他脑海里灌输的中西合并已经使他的文化基因混乱。再比如媒体人，"你到底是代表政府？还是代表人民？"有百姓喊粗脖子地问。而很多媒体人得不到很好的心理调适，坍塌了。

我很焦虑地想，照他这样分析下去，中国不是完蛋了？"90后的视野是放眼国际的，但他们的人口只有1.4亿，远远不抵已占到全国人口1/7的80后。所以80后是毫无疑问的接班人。"

80后如何翻身

肖锋在他前几天的新浪微博里写道："80后真可怜，

就出来个韩寒、郭敬明。"紧接着就有一百多号草根跳出来说话:"肖锋兄,别再嘲笑80后了,他们是苦逼的一代,是被各种压力压得不敢折腾的一代!"

我是一名80后,便以自己和身边同龄80后们的困惑与肖锋分享,我不想推脱,但作为一名当下时代的80后,更渴望大胆发声。

肖锋认为80后是屈从房价、屈从父辈的一代。当然,他也承认时代在其中的穿针引线不可小觑。回望更早,20世纪50和60年代生人被当时的时代赋予的是宏大主题的情怀,他们没有更多的利己思想,全身心投入的是国民性的建设。他们在教育上与80、90年代出生的孩子发生冲突。通俗的解释是可以把这个现象理解为代沟。而90后们在已基于稳定的大时代里、在父辈创造的优渥的生活条件下,更多没有柴米油盐的后顾之忧,可以一心一意专注自我创造,"就拿创业来说,90后是凭兴趣,80后是找饭碗"。

似乎找不到更精准的语言来阐释80后:他们被教导循规蹈矩,偶尔冒出自己的想法,继而被打压;想抗争,又害怕再次被打压,最后他们迷糊了。肖锋说:"我说他们是'中大彩'的,因为前所未有的现象都让他们赶上了!"他们出生的时代里,改革正悄然起步,一切都是崭新的,他们的上几代还来不及消化这许多社会元素,于是这个时代带给这一代人的又是一片混沌了。就好比网上流传的经典段子:"中国有一代人,读大学时小学不要钱,读小学时大学不要钱,没工作时工作是分配的,工作时被自谋职业,没挣钱时房子是分配的,挣钱时发现买不起房,没进股市时傻子都挣钱,等进股市时自己成傻子,他们就是抱怨后依然坚韧的80后。"

我想为80后找更多的客观理由,被肖锋挡回去了。他向我强调主观能动性。"你抗争了吗？你有过抗争吗？即使不一定成功，但是只要你有……"说着他竖起了拇指。

刚才提到作为80后的我会发声，但仅仅发声是不够的，还要有行动。我请他支招：已被重重打上时代烙印的80后如何翻身？肖锋给出建议，并称90后同样可以参考：一、不要委屈自己；二、找到自己的使命；三、更好地，在这个宇宙留下自己的符号，为这个大时代做出点东西。

"在大时代，过小日子。"肖锋饶有意境地阐述："一种生活方式。你只有过好了自己的生活，从改变自己做起，才有资本和底气改变周围，继而改变世界。混沌理论讲到一切事物的原始状态，都是一堆看似毫不关联的碎片，但是在热力学与反热力学的化学作用下，这种混沌状态会结束并使碎片相互融合而有机地汇集成一个整体。同样，人想改变自身和周遭也同时需要两个条件：足够强大和足够地长久坚持。"

对话末，肖锋定义我们之间的谈话只是一个普通的60后和一个普通的80后之间的瞎侃，而且互相并未说服对方完全认同。我默想，那又怎样？这不就是人生的多样性带出的精彩纷呈吗？

不过，至少他其中的一句话我特别认可：足够地长久坚持。

写于 2014 年 8 月 3 日

Calboli 夫妇：翡冷翠之约

【念念不忘，必有回响】

在你已生的这些年，许下过多少诺言？它们其中有多少实现了，又有多少随往事如风？

我，许诺了一些，得到过来自他人的承诺一些。那些只能消逝的让它去吧。那些当全力以赴的，我一直是拼尽全力。

相遇才有承诺

Calboli夫妇是意大利Bologna University（博洛尼亚大学）古典学系教授，分别教授拉丁语和修辞学。

我们在2010年北京大学举行的第十一届传播学大会上相识。当时，Gualtiero Calboli教授坐在我身边，小小的个头、光滑的脑门儿、大大的眼睛，他向我抛过一个既温暖又绅士的微笑。莫名的亲切感驱使我在三天会议的业余时间里都是和他以及他的夫人Lucia Calboli Montefusco教授一起度过的。

与Calboli夫妇在2010年北京大学举行的第十一届传播学大会上相识

当时Mr. Calboli 已经84岁了，但是他依旧思辨敏捷、步履矫健，并不时体现意大利人的幽默。一次，电梯里涌进一群身材高大的人，我们两个小个子无奈地被挤在电梯的最后面无法动弹。我正紧锁眉头的时候，他用眼睛瞪一下正前方的大高个，示意我他要用肢体语言和我交流。他夸张地伸长脖子表示他刚刚测量了眼前这个大块头的确比自己高出一截，然后对我撇撇嘴、耸耸肩、双手向身体两侧摊开，表示无可奈何。我扑哧笑出声，刚才压抑、窒息的尴尬烟消云散。

最后一天下午的会议结束后，大伙儿被磅礴大雨堵在教学楼门口，我和Mr. Calboli 便站在门口的过道上聊起了家常。老人家熟稔意大利语、法语、英语和德语，对于自己接近六十年的拉丁语教学经验谈资丰富。三天的会议里，他只在其中一场修辞传播学的会议中担任主持发声，并在另外一场会议里发表了自己研究的论文《在修辞学与语言学之间：从谜语到文法不通》。其他时候，他很低调地坐在他感兴趣的会议现场聆听世界各地学生的传播学论文演说。但学生们还是发现了这位才学兼备的老前辈，一些时候我得使劲往里挤，才能让被一群学生包裹在中间的Calboli看到我好不容易探出的小脑袋瓜。

但是更难得的是，他给予自己妻子Lucia的珍爱和无微不至的关怀。Lucia比他小十二岁，曾经是他的学生。对于Lucia的学术研究和教学指导，Calboli应该给予了最大的鼓励与支持。当然这只是我一厢情愿的猜测，也不曾亲自证实过。会议闭幕式上，直到主持人宣布我才知道，我这次因为投缘而相互陪伴的伙伴Lucia时任世界修辞学会会长。她在主席台上用优雅的语句、缜密的研究理论和生动的比喻阐述在现代交流中，语言如果在语气和选词上更加温软一些会使沟通和说服更容易成功。

我相信在Lucia学术职业的研究成果里来自Calboli的鼓

Calboli夫妇在意大利Bologna的家

励必不可少，因为，优秀的伴侣之间是可以相互影响的。

我与Calboli夫妇在北京夏日夜晚的滂沱大雨中告别，我许诺，有一天会去Bologna探望他们。

兑现

四年里，我们一直用电邮保持联络。每一年过去，想起我曾经的许诺，唯一让我后怕的是再也见不到那些曾经许诺过要再见的人。今年，很快乐的，我实践了对Calboli夫妇的诺言。

从Roma（罗马）乘坐ES列车前往Bologna，要花三个小时。它更靠近Florence（佛罗伦萨），气温比Roma低。游客已无前两个城市多，像我这样的亚洲面孔很少。

但是，Bologna一定是一座传奇的城市。它是欧洲保存最好的中世纪城市之一，虽然在二战后不再繁荣，但它一直完整地保存了中世纪时期、文艺复兴运动时期与巴洛克艺术的古迹。而位于市中心，被这些中世纪建造出来的建筑群包围起来的Bologna University是欧洲第一所大学、目前意大利第二大的大学，至今有九百多年的历史。而Bologna也因此被誉为名不虚传的学术之城。

Calboli夫妇家如同欧洲大多数城市的楼宇，寸土寸金，他们打通了公寓楼的六、七层，使房间数量和面积宽敞不少。敲门的一刹那，我好紧张，担心迎接我的不会是他们俩。门开了。迎接我的依旧是可爱的老头和风采依然的老太太。

他们说我是第二个前来探望他们的亚洲学生，第一个是一名日本女孩。看见Calboli的时候我激动得快要落泪，他却只是伸出右手要同我来一次中国式见面礼仪。他苍老了，走路开始蹒跚，动作迟缓。我在内心感激：我们依然如约而至。Lucia则给了我一个大大的意大利式贴面亲吻礼，她热情地把我邀进屋里。

整栋屋子崭新如初，可是房间的女主人告诉我她已经入住四十三年了。每个角落的精致装饰都可以看出主人的情趣，就像要为我准备午餐之前，Lucia从抽屉里挑出精致的桌布、餐具再慢条斯理地把

东巴象形文字的礼物

它们铺上餐桌。我想起在巴黎遇到的做首饰设计的75岁精致老妇人，她穿着高跟鞋，身上挂满自己设计的珠宝，指甲上涂着艳丽的颜色，看上去像是四十出头。我问她如何永葆青春？她用流利的英语回答："**Always be yourself, then you are always cute.**"（"做你自己最美丽。"）

我带来了云南少数民族的手工刺绣和丽江东巴象形文字的中英及其象形译本。Calboli热心地研究起来，他是搞语言学的，我想这份礼物会给他的退休生活增添不少乐趣

吧。Lucia则很贴心地向我展示她购买的意大利种的大米，她建议我尝一尝她做的米饭，并且说因为我的到来，她破例做了冰激凌，并且允许Calboli吃一小碗。

午饭后，我们来到七楼长长的阳台上合影。在那里，夫妇俩种了满园的果树、花圃和植被，Lucia在一旁幸福地描述着每年秋收品尝到丈夫种的葡萄成熟的美妙味道。

午餐结束，Lucia迫不及待地要带我欣赏Bologna城市的美丽，她毅然决然地要求行动不便的Calboli留守家中。道别的时候，Calboli终于还是给了我一个大大的贴面吻。像是告别自己的外公，我在心里为他祝福。

Lucia开车的架势几乎看不出她已经七十多岁。她操着一辆手动挡的越野箭步流星，我则紧张地抓着副驾座的扶手。她说自己经常一个人往返米兰去探望自己的小儿子。她有三个孩子，大儿子在伦敦继承他们的衣钵在大学教授课程，最小的女儿则跟随老公往返亚洲和北美。我们把车停在大学，然后Lucia摇身从主妇、厨师、赛车手变为了Bologna导游，不放过任何一个细节为我讲解这座古老城市的韵味。

我们首先去往城市地标双塔，它们是中世纪留存下来Bologna最高的塔楼；接着感受最具Bologna特色的拱廊人行道，据说这是政府市政设施的贴心标志之一；Lucia带我穿梭各

Lucia制作的午餐

035

大教堂，它们虽然没有罗马、米兰的精美绝伦，可没有太多修缮的本真才更加透出历史带来的时光雕刻；我们最后走回Bologna University，学生们刚下课，他们或是慵懒地三五成群在学校开设的酒吧小馆前闲聊，或是席地而坐唱歌玩乐器。我问Lucia你还经常回到校园吗？她不假思索地回答：那当然，我们还有很多研究要做。

最后，Lucia再次以闪电般的速度把我送到火车站，用她一如见面时温暖、美丽的红唇在我的脸颊上深深地印下她对我的祝福。

我目送她的车远去，心满意足地像是满载而归。

写于 2014 年 10 月 26 日

Bologna最高的
双塔

马行云：文人制器，传承匠心

【风火云陶】

中国工艺美术领域的制器有三种形式：匠人制器、艺人制器、文人制器。我认识的云南陶瓷工艺大师马行云就属于第三种。

马行云，云南陶瓷艺术领域的学者，风风火火的个性将原本散落云南民间的陶瓷文化整合推出云南、推向世界，让云南民族陶瓷文化得以更加系统、全面地向世人展示。

国家高级工艺美术师、云南省陶瓷艺术大师马行云

跳不停的红舞鞋

艺术家房龙说过，一切艺术无不受艺术家的经济环境以及地理位置的制约。爱斯基摩人有雕刻天赋，却不得不受冰雪限制；埃及本土不产石料，但埃及人可从境外获得石料，并利用尼罗河把石料运至他们想建筑宫殿、神庙的地方；希腊盛产岩石，天朗气清，适于从事户外雕刻，所以希腊雕刻艺术优于绘画艺术；荷兰多阴雨，绘画得以发展，雕刻则无从谈起；意大利气候温和，建筑多为平顶，而西北欧多雨雪，尖顶建筑势在必行。马行云先生与上述理论不谋而合，在我与他的对话中，他多次谈到地域性对人的创造性和事物的影响。这个曾经在海上漂泊了十年的海员，操着一口正宗的大连腔讲述自己偶然到云南休假，恋爱，定居，并痴迷云南民族陶瓷艺术的故事。他一脸陶醉地对我说："你听过红舞鞋的故事吗？研究云南民族民间的陶瓷工艺就像穿上红舞鞋一样，你会被牵引着，一直跳，一直跳，停也停不下来了。"

如果你同我一样还不是很熟悉云南民族陶瓷艺术，请

马行云与师父邓敦伟大师

先跟随马行云的介绍做足功课：云南民族民间陶艺出自云南十六个地州，最早可追溯到3500多年前的新石器时代，到汉代已经有了较完美的陶器，至南诏、大理国时期已经烧制出了成熟的青瓷，元朝早期烧制出了儒雅贵气的云南青花陶，还有著名的建水五彩陶（紫陶）。建水五彩陶（紫陶）陶泥有

红、黄、青、白、紫五种色彩，土质含铁量较高，使陶器硬度较高，并配以书画装饰、彩泥镶填、湿坯装饰和无釉磨光的独特工艺。

马行云认为建水五彩陶（紫陶）与宜兴紫砂陶，以及其他

马行云陶壶作品（280目建水红泥、1180度气窑烧成）

中国名陶不存在高低之分。甚至人生的任何时候，也都不应该进行比较。有差异、无高低，这似乎也成了他的人生哲学。马行云打了个比方，比如茶壶与茶。云南建水五彩陶（紫陶）茶壶透气性强，壶身较大的一般用于泡云南普洱茶，那是因为在云南以喝普洱茶居多，而普洱茶属大叶种茶，茶气厚重，需高温、闷泡后食用，陈香弥漫。在红土高原上，水温难以达到100度沸点，用建水五彩陶（紫陶）壶泡普洱茶可保持高温，并有足够的空间让普洱茶叶舒展身姿。而宜兴紫砂壶产于江南的江苏宜兴，它更适宜于江南一带生长的龙井、毛尖等小叶种绿茶，它们可以快速过滤泡出茶味。这同时也符合了同宗、同地域性。

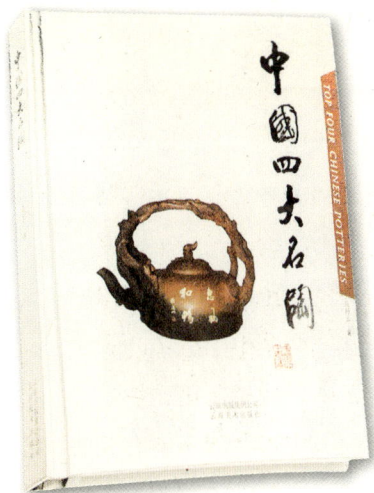

马行云著《中国四大名陶》，2014年云南美术出版社出版

不比较的观点，马行云还用在了为何对于云南民族陶瓷文化的研究是出于他这个外乡人之手，而非本地居民的原因："云南是多民族省份，其民族的习俗是内敛而不张扬，从古至今，一个山谷里可以同时和睦相处着彝族、哈尼族和傣族等多个民族。他们相互包容、和睦共处。用一个适合所有地域性的浅显道理，那就是'不识庐山真面目，只缘身在此山中'。越是自己最亲近的，越容易被自己忽略。所以我只是从一无所知到笨鸟先飞而已。而现今的所有收获，要感恩云南、感谢云陶。"

关键词：感恩 地域性 传承

地域性、感恩、传承，是与马行云交流中，他一直提到的高频词汇。二十年前他习惯了喝啤酒、咖啡、可乐、威士忌。用他的话说，十年的海上生涯，接触较多的是西

马行云与加拿大曼尼托巴大学美术学院教授阿兰·拉克怀特斯盖、美国加利福尼亚陶瓷琉璃艺术家协会会长鲍勃·波尔、胡小平、肖丽

方文化、快餐文化。在茫茫大海上航行，感受最深的是发现自己的渺小——偌大的一艘船，行驶在一望无际的大海上竟然如一片树叶，随时可能淹没在大海里。这让马行云对生命有了敬畏，期待自己的人生能与自然共鸣。

1994年，马行云来到云南，受云南人的影响，开始喝普洱茶。"茶不像酒，不会迷失，茶越喝越清醒，酒越

马行云与中国宜兴陶瓷协会会长史俊棠先生在昆明海埂公园

马行云与景德镇陶瓷学院院长宁钢先生在昆明

马行云编著《云陶》，2015年云南大学出版社出版

马行云编著《云南建水紫陶》，2010年云南美术出版社出版

马行云与作者在云南省博物馆

喝越迷茫。普洱不像咖啡，茶多酚不会让神经亢奋，却会渗透血管中，让你清新愉悦。"这些是马行云编撰《云茶》杂志时亲身佐证的感受，从此他改喝酒为喝茶，而云南建水五彩陶（紫陶）就是他在研究云南普洱文化的过程中"邂逅"的。

2005—2007年，马行云在主编《云茶》杂志时，深入云南民间走访获取第一手资讯。2008年10月，在红河建水碗窑村陈绍康大师的陶艺工作室里，陶艺师随手递过一支画笔说："马老师，画两笔陶。"自此以后，马行云喜欢上了自己动手设计、拉坯、装饰、烧制的建水五彩陶（紫陶）。亲手制作紫陶的过程并不轻松，同其他陶瓷艺术名家一样，制作紫陶的初期，马行云烧坏了大量的陶艺作品，但是他从来没有气馁过。"那与失败感无关，是对紫陶文化的迷恋、热爱，就像美满的婚姻，需要用时间去经营、用智慧去面对。越了解云南陶瓷工艺就越喜欢专研；越喜爱云南紫陶艺术，在自己亲手制作的过程中就越用心。就像你穿上了红舞鞋，就想一直地跳下去，停也停不下来。"

在世代以陶为业的建水古城北郊的碗窑村，在建水工艺美术厂，在西双版纳傣寨……在云南各地民间制陶大师的工作坊里，马行云发现云南陶瓷文化、底蕴正通过紫陶的语言，安静地表达着"滇南文化陶为先"。

受到沿海"快餐文化"影响的马行云现学现卖，经过二年的采编，整理编辑了云南民族民间紫陶技艺的相关资料，并拍摄了几十万张云南民间紫陶的资料图片，拜访了云南各地各民族诸多的制陶名家和学者，编著出版了云南陶瓷三部曲：《云南建水紫陶》《中国四大名陶》《云陶》。

马行云致力于云南民族民间紫陶工艺的传承与推广，2010年，马行云创建了云南紫陶网。2011年6月，在众多云南紫陶艺术工作者的热心参与下，马行云发起的"云南省紫陶研究会"在昆明成立。2014年5月，受云南省委宣传部和云南省社科联指派，马行云走上云岭大讲堂，以"云陶"文化产业解读为主题，推广云南民族民间紫陶文化。2015年，《中国四大名陶》（云南美术出版社出版）

马行云与周晓冰先生、张馨予女士、毛增印先生、刘也涵大师在成都

马行云紫陶作品

荣获第十四届云南优秀出版物奖。

　　"传承并不仅仅是传授技艺，通过这种教学、培训、讲座的方式提高人们对云南民族民间博大精深的传统陶艺认知和鉴赏，品读云南民族民间传统陶瓷技艺的神奇魅力。"

　　1996年，马行云邂逅了自己的爱人——云南大理白族金花，在云南这片蓝天红土中靠港停泊。马行云也邂逅了自己的爱好——云南普洱茶文化和云南民族民间陶瓷文化。"我当初只是崇拜云陶文化艺术，没想到却变成了如今的云陶文化推广学者"。而这一切，马行云认为全要归功于云南的民族文化、归功于云南的民族民间紫陶艺术的魅力，是云南的山水开启了另一个他也不曾知晓的自己。而当下，马行云认为，自己能做的，便是尽心尽力地回馈这片给予他爱与温馨的土地，感谢五彩陶，感谢彩云南。

写于 2014 年 12 月 21 日

陈家怡：生活不只是一个方式

【带来不同生活理念的雷励（Raleigh）】

雷励（Raleigh）机构使命：激发和引领新一代青少年成长为积极的全球公民，共同建设可持续的社区和保护环境。

作为2013年雷励中国的远征义工，我的理解是这样的：雷励的总部设在英国，是一家集野外探索与社区建设为一体的国际公益机构，目前的影响力已辐射至全世界许多国家。雷励的初衷在我看来更可以揣摩为"出色的贵族"，除了品学兼优，更应该是经历劳其筋骨后方能天将降大任。早期英国雷励派选最厉害的航海家和探险家带小贵族们深入丛林峡谷进行野外探索，而这些无人问津的地带更加贫困，于是雷励不再是一个探险机构，还延伸至公益帮扶。"雷人"们伸出援手帮助当地百姓，同时尽力保护生态环境。与此同时，在这个短暂的（最长为十周）公益活动期间，"雷人"们跨出舒适圈，收获各类技能，也发现了全新的自己。最为出名的雷励人莫过于威廉王子和凯特王妃，他们分别是雷励智利2000年和2001年的远征队员。

在尝试中取舍

陈家怡，1987年生于马来西亚Selangor（雪兰获）州Shah Alam（莎西南）市。父亲的祖辈从中国广东惠州迁徙至马来西亚。在陈家怡入学的年代里，中文并不是必修课，很多孩子只是选修到小学毕业。而陈家怡坚持学习中文到初五（等同于内地高三年级）。在马来西亚，华裔占到22.6%，但随着中国在国际社会影响力的提高，越来越多的华裔家庭甚至非华裔家庭要求孩子学习中文、把孩子送往在马来西亚开办的华文学校，以及鼓励孩子前往中国的高校深造。

在家里，父亲和陈家怡说客家话，母亲还有弟弟和她说中文。她觉得自己的家庭、马来西亚的很多华裔家庭与中国的家庭都有很多的相似，比如中庸、不激进，父母在教育孩子方面束缚多于创造，没有gap year（空档年）……

陈家怡在艺术学院念的是广告设计。大学毕业后她先后在报社做过平面设计，在环保工艺企业做过销售，期间每一家工作不超过一年。直到现在的这家室内设计公司，她才认为是找对了方向。"因为我是内向型的，我想就应该待在室内对着电脑做设计。但是在报社的一年，我才发现我太不了解自己了，我不能够做到一直安静着。于是我想挑战一下自己，在做设计不久后我就要求去做销售。才短短几个月，我就发现比起宅在电脑前做设计，

陈家怡与她的Mentor（顾问）

团队中的陈家怡

我更不能忍受自己不断向别人推销产品。在现在的公司，我目前工作的部门是市场策划部，这里既可以满足我做设计的专业所需，时常我还可以与同事一起参与到会展的布置和公关中，一举两得。而我很庆幸自己在不断地尝试中，终于找对了自己的方向。"在不断尝试不同行业工种的过程中，陈家怡没有害怕失去那些老生常谈的"积累经验"，相反她在其中知道了什么是自己不想要的或者不擅长的。在尚未明确自己的处世强项之前，最幸运的莫过于你懂得了哪些是你可以舍去的。

而这样的知觉与体察，陈家怡将它归功于大学毕业季参加的一项国际公益活动——雷励马来西亚2009年远征。

不在乎别人眼光的背后，原来是一种宽大胸怀的包容力量

参加雷励远征是需要付费的，而雷励鼓励队员通过自己的劳动获得筹款。陈家怡很幸运地寻到了一家长期关注雷励国际行动的户外用品店。店家与她签下协议：她参与店内产品广告设计，并在参与雷励的过程中拍照展示产品logo（标志），即可获得资助。

在陈家怡参加的2009年雷励远征中，除了很少部分马来西亚当地小伙伴以外，更多的雷友是从英国、澳洲和其他国家来到马来西亚沙巴州的。当时的陈家怡还是一个太过羞涩和内向的女孩子。开始的两周里，她几乎不敢表达自己的意愿，可身边与自己相差无几的同龄队友们却"大胆"地表达着自己的需求、快乐地做着自己认可的事情。陈家怡疑惑他们怎可如此"肆无忌惮"？直到某一天她自己亲身经历并突然领悟：不在乎别人眼光的背后，原来是一种宽大胸怀的包容力量。

而生活再也不会是只有一种方式。那次远征之后，陈家怡听说远征中励志成为家族医生的队友竟然最终选择了一份户外教练的工作，而另一位当时正在从政的雷友在一年以后辞去公职专心从事环保公益。"小时候，当自己要尝试做什么的时候，爸妈会立马跳起来：'当心！不不

雷励远征中的陈家怡

不，会有危险！'可在雷励，我的队友总对我说：'去（做）吧！死不了！'"当然陈家怡也悄悄发生了变化。

父母诧异地发现那个内向的姑娘竟然变外向了！某一天她甚至偷听到姨丈对母亲说："你有没有发现家怡变开朗了耶！"

在为期十周的雷励远征中，陈家怡和来自世界其他国家的队友完成了十二天的徒步；获得了潜水证；在沙巴一个著名的瀑布区，他们帮助当地工人修建了长长的瀑布桥，方便日后来此做研究的科学家们；整整十周她睡在两棵树桩中间撑起的吊床里；更多时候浑身汗水却酣畅淋漓。"我觉得改变我最多和让我更'亲民'的是这些团队生活。"

"从雷励回来之后，患上了 Raleigh blue（雷励忧郁）：看着身边朝九晚五的同事，难道我的人生也一直只能这样例行公事吗？"陈家怡不甘心。在为雷励马来西亚持续做义工的三年以后，她与另外一位雷友启动了第一个project（项目）：募集800本儿童图书，并从西马送往东马的山区。在这期间，他们的活动得到了当地人气电视节目《一万个梦想》的跟踪报道、得到当地航空公司的义送支持，当然还获得了无数参与者的爱心捐赠。此后，陈家怡还与雷友组织了"环岛挑战"接力赛。

现在，陈家怡与雷励的互动更多交由弟弟继续传输。比自己小七岁的弟弟在听姐姐热情描述雷励生活的四年以后，也成为了一名远征队员，并在以后的几年里一直致力于公益工作。最近听说他正在竞选当地雷励社团主席。

当然，除了雷励，陈家怡还有更多自己的主旋律，而那些优美的华尔兹，我们等待一起见证她的翩翩起舞。

写于 2015 年 1 月 11 日

Lucy：遇见 "活在当下"

【去新西兰 Working Holiday】

　　每年新西兰政府向中国18至30岁的年轻人提供1000个进入新西兰旅游并进行短期工作的机会，Working Holiday Visa，即打工度假签证。它允许旅行者出于补贴旅行费用的目的而在签证颁发国边打工边旅行。

　　目前对中国大陆开放的国家有新西兰和澳大利亚。

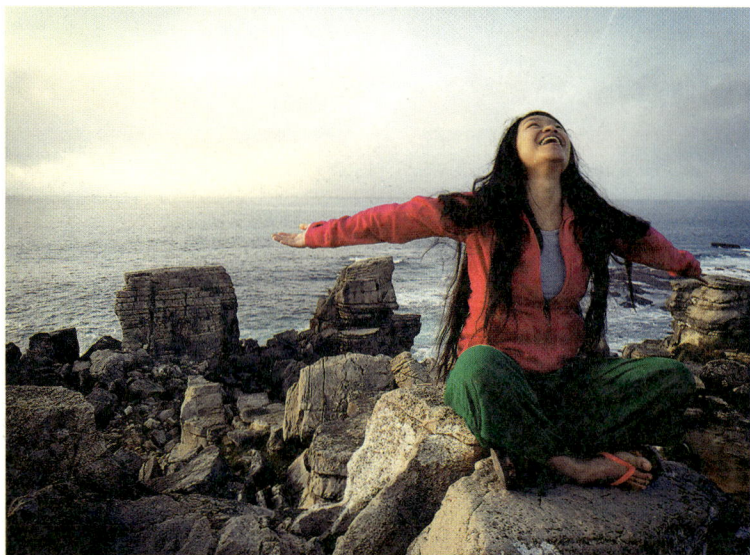

　　Lucy在英国住了六个月刚回到昆明，可谁也不能保证她这次能"安分"地留下来多久。

　　就像她刚大学毕业就去新西兰美其名曰"Gap Year"；就像大家都以为她从新西兰回来该要安分守己地做一个中国好公民了，她又跑去欧洲待了仨月；就像她在国内的工作实习结束、正式签署劳动合同之前，Lucy望着约期上的数字踌躇不定，尽管那是一份非常吸引人、她也非常喜欢的工作……最终Lucy放弃了；就像最近，Lucy告诉我她或许会去新西兰留学，不为别的，就为一个喜欢。再或者，她也不知道了，那就顺其自然吧。

　　这不是一篇白富美的怡情散文，也不是一篇逆袭追梦的鸡汤文，这只是关于一个普通的邻家女孩的别样生活选择。也许就像Lucy，只要你愿意"活在当下"，你已经开始过上以往自以为"不切实际"的日子。

　　还在上学的时候，Lucy攻读的国际会计专业所在的大学学院总是隔三差五让同学们填写三年、五年规划。当同学们趴在书桌上绞尽脑汁写下几千字人生规划的时候，Lucy穷尽所有的想象力也没有想到后来的人生原来和之前"规划"的那么不同。在毕业前的一册同学录上，她为自己写的毕业规划是：满世界去流浪。没想到，慢慢都实现了……

　　"这一年的时间，看过最美丽的日出日落；半夜在海滩上，月光的映照下哼着小调独自起舞；穿梭在阿凡达式的美轮美奂的森林中；也尝试过从上万英尺高的空中跳伞，感受像鸟儿一样的飞翔；感受过从134米的高处自由落体；感受过世界上最不浪漫的'Nevis（尼维斯岛）秋千'。也曾睡过街头，睡过集装箱，睡过快艇，睡过无数个沙发，无数次帐篷，也睡过温馨舒适的客房……无论是在哪里，和谁在一起，都是一段全然不同的经历。被法国大厨接待过，偶然的

周末和Hedvika在Blenheim在一起，单纯得像孩子一样

敲门问路也被土生土长的毛利人接待过，被只有一条腿的农场主和她8岁的女儿从路边'捡'回家，甚至也有接触到曾经的毒枭。这每一段经历都丰富了自己的旅程，每一次扑面而来的文化冲击到了最后都成为一种收获，**我可以不赞同不喜欢别人的生活方式，但是我得学会尊重，学会理解，同时也得学会质疑，学会有自己的选择。**"

"在新西兰的一年里，一半的时间我是在没心没肺地流浪，另一半的时间我得去赚钱养活自己。我在汽车旅馆里做过保洁，在樱桃园里摘过樱桃，在肉厂里做过女工，在葡萄园里绑过枝。我曾经因为发了一张摘樱桃过后手变黑的照片在网上，被老爸看见后心痛得不得了，在家里被各种呵护的宝贝女儿却跑去了异国他乡做农民去了。我特别能够理解他们的心情，但是同时，我觉得自己特别的快乐，是那种由心底而发出的快乐。我做着每个背包客都可能去做的工作，并不是因为我有多么落魄多么卑微，我并不觉得我受过什么委屈吃过多少苦头，我整个人都是特别的开心，没有缘由的开心。"

心与身体同时上路

Gap Year，回到国内后不久，Lucy再次启程前往东南亚和欧洲游学。她认识了太多有趣的人，似乎在路上遇见各种新奇的人变成了她不断走出去的动力。再回来的时候，大家调侃Lucy变得"清心寡欲"了！在大学毕业以前，Lucy炒股、兼职、参加各种各样的社团活动、聚会，马不停蹄地"利用"着所有除了睡觉的时间，生怕自己不能有所"作为"。回到国内，在拥有各种异域风情的见闻之后，Lucy发现她的价值观竟在不经意间有了很大的变化——她开始厌恶所谓的"成功学"，怀疑"成功"的定义，"作为"二字对她失去了意义。她把大把的时间用来看书、听音乐、画画，将各地搜集来的珠子做成首饰……总之她正在过着一种让身边的人们唾弃的"浪费时间"而又"不切实际"的日子。

在新西兰南岛独自搭车的某一天

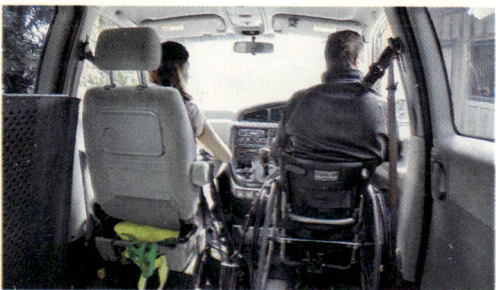

遇见坐在轮椅上开车的沙发客主人Ross，自年轻时候就坐在轮椅上的Ross可以独自开车，尝试了高空跳伞，皮划艇……他对生活的热爱让Lucy感动

　　眼看着在国内实习了一段时间的工作即将走入正轨，Lucy竟在签约的最后一刻选择了放弃。她在男友Tom几次来到云南之后，奔赴英国并与Tom的家人一起相处了六个月。

　　Lucy和Tom相识于新西兰。当时Lucy和朋友在路上搭车，Tom便停下车搭载了这几位背包客；临别时，Lucy随意给到Tom一只从中国带来的小挂件，上面写着"缘"，后来Tom竟然带着这份小礼物不远万里来相会。

　　在日记里，Lucy写道："说来也有趣得很，两个不懂

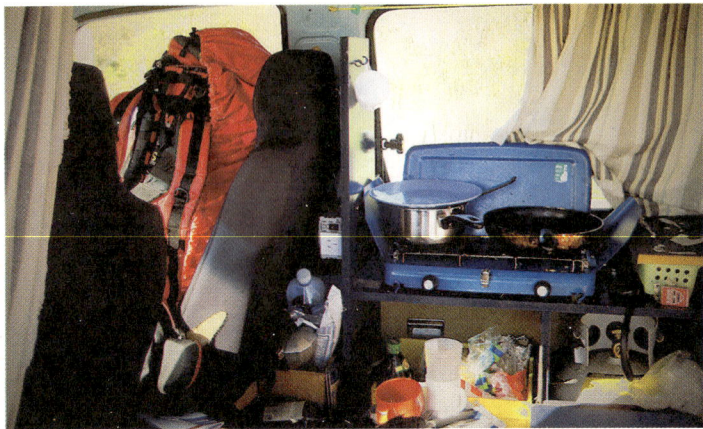

搭车遇到Tom，他的爱车Pauline里的厨房

得、甚至有些不屑于人生规划的人，正在为了怎样才能有一个有他也有她的未来而不得不去做一些规划。"

　　此时此刻，Lucy并不知道她和Tom的未来将会怎样，他们会去向何方，唯一她能确定的，就是此时此刻他们很想在一起。或许他们会一起去印度，或者欧洲，再或者回到他们最初认识的新西兰。"You never know."（"你永远不知道。"）Lucy耸耸肩笑着说道。

写于 2015 年 1 月 26 日

张晓岚：我是一个艺术家

【关于张晓岚】

张晓岚，原香港"和记黄埔"风驰传媒副总裁。2004年在昆明创立"张晓岚营销策划中心"，并发展至广州、上海两地。业务范围辐射华东、华南、西南等地区。项目作品荣获中国广告节金奖、国际影视大奖赛十大广告奖、美国艾菲奖、中国元素奖等上百项广告营销界的荣誉。近几年投身企业管理教育，讲授《低成本快速营销》，向各行各业企业家传授营销知识。

他是我访谈的嘉宾里最熟悉的其中之一，他是第一个主动和我说你来写写我好了。让我措手不及，写个开头就过去了一个小时……我回忆起在他的策划中心实习一个月里涂鸦了整本笔记簿，在他将"第十六届时报世界华文广告奖"首次引入内陆时，我曾主动请缨作为论坛主持加入项目运作……到现在我们不再有工作上的交集，而是变成了老朋友。看过他的意气风发、看过他的重整旗鼓、看过他的写意江湖，也才更能够与他深切地聊起昨天、今天和明天。

展示也为别人

从耳熟能详的"昆明天天是春天"、云南红、汤臣一品、盘龙云海到杨林肥酒、开窍核桃油、子弟土豆、欢天洗涤等广告及商业策划，都离不开一个共同关键词：张晓岚。张晓岚创造了广告界的一个时代，曾经的一个时代称为"张晓岚时代"。

从18岁进入艺术学院画画到大学毕业在广告公司画路牌，从担任风驰传媒创意总监到创办自己的营销策划中心，从在西南的万众瞩目到往东挺进上海、广州，从拍影视广告到登台讲课再到2015年年中在上海开立自己的第一个餐饮品牌"花吃菌煮"，张晓岚告诉我，每一个活在当下都是一种体验，这样的体验是学习，而学习是为了充实人生态度。

人就是尘埃，而且必将终生努力，这其中，体验非常重要，要敢于体验各种可能性。

这是张晓岚几十年人生的论调。

他认为人生的第一课程并陪伴终生的便是"体验"。在不断的、无数的体验中人可以认识自己，或者逐渐清晰自己的脉络。而接下来这样的体验需要坚持，并在量变到质变后将这种体验展示出来，让别人知晓，并得到更大范围的传播，且从此服务于人。"就像孔雀开屏，自己求爱的同时也成为别人眼里一道亮丽的风景线。"

工作便是一种很好的体验。张晓岚认为这样的论调基于工作那就是要去热爱它！他认为一个天才是从热爱自己的行业开始的，成功的企业家是从热爱自己的企业、爱用自己的产品开始的。近两年他更多出现在营销课堂上，有人问他票价越卖越好的原因，他回忆一开始被推到讲台上讲课时定位其实不清晰，到后来才逐渐认识到自己究竟在做什么，并充满感情地在每一堂课上服务各类企业家，真切地为他们解决问题。

当下瞬息万变，企业需要体验、需要展示，更需要在展示中适应社会。张晓岚认为当下成功的企业家应是"天赋+适应性+不断学习"。

曾经有人认为他做的策划行业就是阴谋诡计——教一个企业怎样干掉它的竞争对手。可他反过来将策划比作积

张晓岚与营销课堂

德："让企业改变，往更高的方向走，尽管同时面临的风险也更大。"

"你还红吗？"

刚到广州的时候，走在街上，张晓岚想起在昆明，四处都能遇到熟人，但是在这个更大的寨子里，他也许就是默默无闻的。这时候，身后传来一声大喊："您就是张晓岚老师吗？"

外界曾说："因为认识了张晓岚，才认识了云南广告公司。"这话不假。在很长一段时间里，云南本土企业但凡想大刀阔斧的，首先想起的是从北上广找知名广告公司来包装。面对外面的劲敌，张晓岚想的却是："既然本土企业会找外面的广告公司，我们广告公司为什么不可以去找外面的客户？"于是他开始进军上海、广州。在那里，他接触更多新兴的营销理念，观摩奢侈品的策划战略，积极调整自己的心理适应力跟上市场步伐。"自己开公司的这些年慢慢想通很多道理，也开始学习更多新的知识。比如最近开始学习财务管理。也更为员工着想，以前员工辞职了会不高兴，觉得白白培养了。现在，认真栽培，如果他们有更好的出路，鼓励他们，齐头并进，我也骄傲。"就像2007年时张晓岚说："做什么事，都要第一个。"时隔8年，再问起他这句话时，他有了更多的诠释："这个第一看不同的界定。可以是销量第一，可以是创新第一，可以是客户数第一。眼界更开阔，思维更包容。"

"抽斗是陶冶情操"

太多圈内人反映张晓岚的朋友圈抽斗作品多于广告作品。"抽斗前我从来没抽过烟！"在他看来，抽斗绝不是

张晓岚与斗友

一件炫耀的事情，而是修身养性。抽斗是个慢活儿！火烫手却要保持不灭，要学习控制呼吸、不着急慢慢来，这一来很多斗客的急性子倒是都被磨灭了。**"守住胸中的一团火！**另外抽斗的过程还可以思考很多事情，很多时候，大家在抽斗的时间里思考出大智慧。"

"其实我是艺术家"

一次，我去张晓岚家做客。那天我准备了一堆工作上的问题想同他讨论，结果我噼里啪啦地问了一通之后，他只喊我听歌，是刘文正80年代的老歌，听完之后他又即兴回忆起大学时候创作的曲子，又自弹自唱开了。我气急败坏地打断他："我真的着急啊！"他继续不慌不忙地问我："你觉得他们唱得好吗？"我说："好啊！现在的歌就很少有意境。"他解释道："你知道为什么吗？那个年代的歌手唱歌就好好唱歌，作曲就好好作曲，每次认真做

张晓岚与儿子

好一件事，乐于活在当下。"我恍然大悟，之前那二十几个准备好的问题不攻自破了。

生活得艺术，将艺术融入生活的态度，张晓岚还放入了工作和育儿中。"每次出差，我都会去品尝当地的街边小吃，拍下有意思的人物和场景。""我对我儿子只有一个要求：快乐！我不要求他在学校必须有好成绩。我尊重他的喜好，有段时间他沉迷于打游戏，我就和他一起打游戏，然后和他讨论游戏的意义还不如看书并从此把知识掌握在大脑里，他觉得有道理并同意了。跟着他还可以听到好音乐、正大光明地去影院看《里约大冒险》。和他一同成长！"

十年里面，张晓岚希望自己开一家餐馆、拍电影、办自己的摄影展或者是画展、自驾去印度和尼泊尔。他相信自己会一一实现，因为他一直以艺术的态度在认真生活并不断认识新的自己。

祝他梦想成真！

写于 2015 年 3 月 8 日

张述新与刘郁金：85 岁的亲密爱人

【奶奶的箴言】

奶奶说，爱一个人就是要愿意牺牲。而在任何时候、面对任何物事，都应当在爱里不自私！

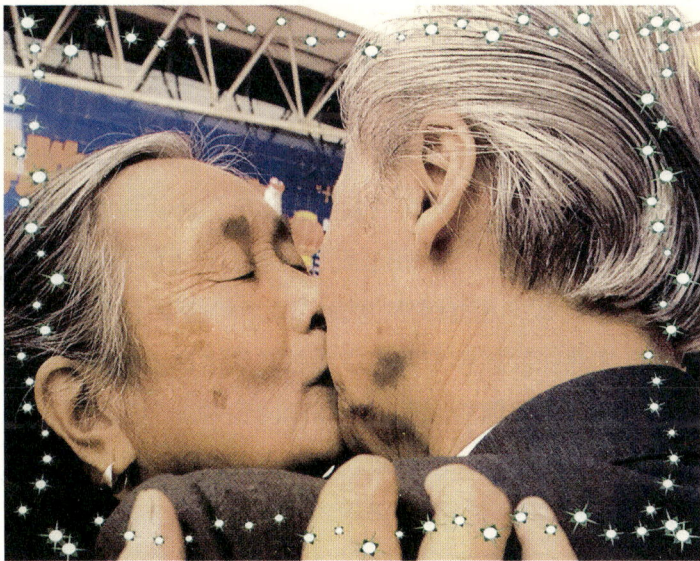

爷爷和奶奶参加云南电视台主办的"接吻大赛"

我叫他爷爷

张述新，83岁，机械高级工程师，退休于中国有色金属总公司第十四冶金建设公司机械总厂。

爷爷说，从1953年第一次申请加入共产党，到1981年终于成为一名党员，期间的28年里他感受最深的是自我修养。

我叫她奶奶

刘郁金，83岁，焊接高级工程师，退休于中国有色金属总公司第十四冶金建设公司机械总厂。

奶奶说，幼年父亲去世、母亲改嫁，自己是与奶奶和妹妹相依为命长大的。从小时候开始她最大的愿望就是拥有一个完整的家，给予自己的孩子一个幸福的家。

亲爱的人

每次见到的爷爷奶奶都令人眼前一亮。他们在客厅里打开音响，放着罗大佑、降央卓玛、蔡琴、乌兰托娅和早期苏联歌唱家等他们喜欢的歌手的音乐，然后一边劳作。八十岁高龄的夫妇俩身体硬朗，爷爷烧得一手好菜、时刻关注国际动态、玩转许多电子产品。奶奶上下楼动作利索，仍然坚持包揽家务活、每天下午雷打不动去打麻将，如果胡了奶奶会买些小礼物勉励麻友们。

退休后，奶奶被返聘至十四冶金技工学校教授《焊工工艺》，直到三年后前往上海照顾外孙。

退休后，爷爷被返聘至云南省耕耘工程造价咨询事务所有限公司任造价工程师，一直工作到2014年12月31日。在这期间，爷爷几十年里坚持每天早晨四点半起床，洗漱完毕后先做半个小时的背部电子按摩理疗，然后吃完早点，往耳朵里塞上ipod的耳机，边听周杰伦的歌边从南屏街乘坐10路公交车至小菜园上班。通常到达公司一个小时以后公司才开门，爷爷就绕着公司的楼群建筑慢跑做健身锻炼。

爷爷还经常与老朋友们邀约去跳柔八、慢三、恰恰等交谊舞。一次我问奶奶："您不一起去吗？"奶奶笑笑说："我不喜欢。"爷爷却插话道："我的舞技都是奶奶传授的！"我很疑惑，奶奶思考了一会儿才说话："年轻的时候只是我很爱跳舞，现在是爷爷爱跳。如果我们一起去舞会，我不太想跳舞，那爷爷就没有舞伴了。因为大家会看到张述新的老伴也在，会把机会更多地让给我们。可我不去跳的话，就可以把机会让给其他更多的舞伴与爷爷一起跳舞了。"

我赞叹："奶奶对爷爷真体贴！"爷爷竟也在一旁深情地说："奶奶对我有恩！"

把你拥有

1952年，爷爷和奶奶一同从湖南考取沈阳机械工业学校就读。从第一年进入学校开始，他们便是校园风云中的一对金童玉女。爷爷英俊潇洒又温文尔雅，奶奶亭亭玉立

又才华横溢。刚到学校的第一年，来自南方的奶奶凭借极富感染力的演讲《卓雅和舒拉的故事》（取材于前苏联故事）压倒此前一直蝉联冠军的北方学长，获得第一名。而这样的背后是文采斐然的爷爷撰写了同样出色的演讲稿。

他们一直保持班上的一、二名，有一次爷爷由于身体不适回湖南休养了三个月，原本应降级再读一年的爷爷在期末成绩测试中全部得分"5分"。奶奶回忆道："他离开的那三个月，我更加发奋努力，因为我要一个人看两个人的书，不能让他掉队。等他回来了才能帮他复习。"

在确立关系的一个月以后，爷爷和奶奶偷偷去相馆拍了第一张合影，那在当时实在是太时髦并大胆的定情信物。

1953年，爷爷申请入党，他很诚恳地坦诚了自己的大姐在战争期间被迫前往台湾，现在仍音讯全无。从此以后爷爷被贴上了"成分不好"的标签，不仅不允许申请入党，连所有的社会活动都受到牵连。

自小，奶奶便展现出多才多艺的天赋。她是校学生会干部、女生部部长、校团总支委员，后来到了十四冶还兼职做起了播音员。前途一片光明的奶奶接到四面八方的劝阻："如果你要发展得更好，就要离开他，他成分太不好了！"奶奶径直说："我就爱他！我宁愿吃苦！"爷爷很不舍，

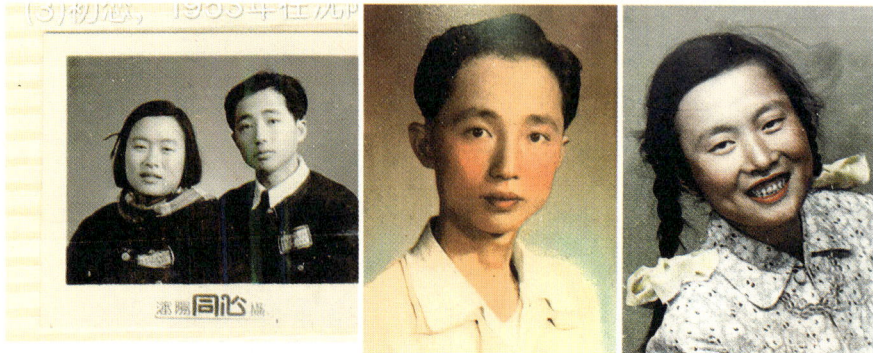

年轻时的爷爷和奶奶

但也劝奶奶放弃自己。直到现在奶奶回忆当初，仍然意犹未尽："老师和同学都觉得我是一个各方面优秀的骄傲人。但是在爷爷面前，我就不骄傲了。不仅仅是他长得好看，爷爷是一个做事认真又很谦逊的人。"

爷爷、奶奶结婚照

在十四冶工作期间，爷爷的专业技术与领导能力得到同事上下的一致好评，大家都很尊敬他，虽然由于成分不好他从未被允许纳入领导候选。

而奶奶，一直做着爷爷最坚强的后盾。"那时有同事夫妻会为谁应该多为家里付出争吵不停。我认为，女人和孩子先天性联系就更紧密。我对待工作很认真，但是也愿意为家庭付出更多一些。那时粮食短缺，每月食品供给很紧张，我每月请假排队去为一家五口人买齐粮食，孩子的家长会也是我去开。爷爷也从不让我们失望，每年他都能拿到十四冶的一等奖金（获奖职工不仅要技术好、口碑好，还要全年从不缺席迟到）。这样一来，我们既保证了家庭经济收入，也能让孩子们健康成长。"

1981年，爷爷所在单位主动问询爷爷是否愿意入党。奶奶还有些心有余悸，毕竟一个人的一生能有几个28年？可是47岁的爷爷却热泪盈眶地说："没有共产党就没有今天的我。"

你一直为我守候

1978年国内恢复高考，爷爷的大儿子考取了云南大学物理系。第二年大女儿考取了上海第一医学院（现上海复旦大学医学院）。那时候很多家长都选择了让孩子放弃高考，去下乡。可是爷爷奶奶不愿意，他们坚持不让自己的孩子放弃高考。那时身边的很多家庭都开始看上了电视，可是爷爷家没有买电视，一家人的衣服都是穿破了再补，一个补丁下面居然还压着三四个补丁。"要把钱攒了给孩子上学。"爷爷说。家里除去一台收音机，只有一张小小的方桌作为家具，可就在这张小小的方桌上，爷爷和奶奶放弃看新奇电视

爷爷奶奶与三个孩子

的机会、摈弃下班与邻居唠嗑织针线的时间，夫妇俩做起孩子们的家庭"辅导教师"！"那时候大学的录取比例没有现在这么高。二女儿却以100∶1的比例考上上海医学院。那年的最后一道数学考题特别难，而我们在考试前是认真地估题的，而且把所有认为会考的题都做了一遍，这道题便是其中之一。"奶奶饶有兴致地回忆说，"我到现在都特别记得，当年有一位同事用浓重的地方口音大声问我：'你们家就是要个个都考上大学才得嘎？'我一点儿不犹豫地回她：'我们家就是要个个都考上大学！'"

年纪相差十岁的小儿子学习成绩不如兄姐，他一开始好不容易考上昆明大学，毕业后又考取云南艺术学院，然后又去北京进修。前后捣腾七八年，最终进了一家广告公司画户外广告。爷爷奶奶从未抱怨或者阻拦，"那时候大儿子和大女儿已经供出来了。只要小儿子愿意，就让他读书好了。"小儿子最终成立了自己的公司"张晓岚营销策划公司"，并为云南红、汤臣一品等多家国内外企业制作

电视广告。云南朗朗上口的"昆明天天是春天"便是小儿子张晓岚的杰作。爷爷说："他应该受从小听奶奶的'妈妈讲故事'影响较大，长大了才能说会道。"

爱的路上有你

爷爷和奶奶总结长寿的秘诀是孩子们都很懂事、自己在爱里不自私。回首半个世纪的携手，他们不抛弃、不放弃。老年生活里，与儿女之间互不干涉，更像知心朋友的交流与沟通。不服老，与时俱进地推陈出新，却又遵守自己的人生信条。

2012年爷爷在台湾旅行期间，听从当地导游的意见，通过台湾行政院退伍军人辅导委员会找到了在台湾的自己已经过世的姐姐的孩子们。他流下了热切的眼泪。在内心深处，爷爷与奶奶还有一个共通的心有灵犀，便是：对情感的执着。

2012年在孩子们的鼓励下，爷爷和奶奶参加了云南电视台主办的"接吻大赛"。已经金婚的二

爷爷奶奶与孙子们

老殊荣特等奖。场上场下一致赞誉他们："这样的终生相守很可贵。值得当下很多年轻人学习。"

我问爷爷还有什么是要对年轻人说的？爷爷很认真地思考以后，语重心长地说："我听到越来越多的年轻人抱怨我们的社会。中国很伟大、很可爱，希望我们的年轻人热爱自己的祖国和民族。"

写于 2015 年 5 月 11 日

Hari Nam Singh Khalsa：寻找你的人生使命

【Hari Nam 与 "昆达利尼"】

Hari Nam Singh Khalsa，美国纽约人，国际Kundalini Yoga培训导师，锡克教牧师。对生活充满爱，是纽约市Yankee队及纽约巨人橄榄球队的球迷，热爱旅行、爵士乐、歌剧、艺术、摄影、背包旅行。

Kundalini（昆达利尼）：古代印度的瑜伽修行智者发现每一个人体里有一股储备能量，潜伏在底部的第四节。这股能量被称为Kundalini。当昆达利尼提升时，人对万事万物的警觉性和感应力特别敏锐，所接触领域的悟性亦很高。真实自然的爱的源泉被打开，那些看起来完全不可改变的事情就会重获生机。

Hari Nam Singh Khalsa与作者

一点儿也不舒服的昆达利尼

我去参加了一场Kundalini Yoga（国内惯用翻译：昆达利尼瑜伽）的讲座。

主讲席位置上盘腿坐了一个白人大块老头，他全身素白，用厚厚的同样素白的头巾包裹着头部，乍一看去有着印度风情的味道。他看上去有点儿凶，分别在开头和结束的整整半个小时里要求我们保持一个姿势、保持与冥想唱曲里相同频率的呼吸，还要一起念相同的一句梵语"SAT NAM"……十五分钟是我的极限，盘腿让我两脚发麻、悬在空中的手臂有了微微颤抖的节奏、眉间不自觉紧锁起来了、咬牙切齿……我的样子一定面目狰狞，更别谈"闭上眼静静地想象着有一束白光经由大脑穿过天眼射向外界"。我悄悄睁了一只眼偷瞄四周的伙伴，他们竟然镇定自若、振振有词。

刚刚结束了冥想，还没等我完全睁开眼睛，白胡子老头就开始了大骂，他的女翻译很逗地转达着："除去我竟然只有一个男人！他怎么不见了……好吧，你喝完水一定别走，你是我唯一的希望了。想当年我二十几岁刚开始练习Kundalini的时候，70%都是男人，可现在呢？这个世界究竟发生了什么？我可不想参加一群女人的派对！下次还没有更多的男人，我就再也不回来了！"大家以为在开玩笑，哈哈笑起来，他很严肃地打断："你们不要以为我开玩笑！去年在中国的一个城市，主办方将上课地点放在一个环境优美的酒店里，宣传海报上是一个女人优雅地坐在青山碧水间冥想，这样受众看了自然地想象这应该是女性的活动。这样的误导真是大错特错，男人和女人必须均衡！"大家都不笑了，鸦雀无声中，白老头儿拨弄了一下长长的白胡须，语重心长地说道："你们别以为不出声，

Hari Nam与学生们

静静地看着我就代表你们都理解了。我知道这是一个漫长的过程，就像每天清晨四点半开始的晨练，如果你感觉很舒服，那你还没有真正开始，只有感受到了痛苦，你才是上道。这是我一直要传授你们的，直面人生的痛苦，你才能有切实的动力去改变、适应并生长。"

　　讲座结束后，我怯生生地走到白胡子老头儿跟前，颤巍巍地告诉他我就是那个前几天与他约好访谈的人，而且还不是男的，不过我已经在半个小时的冥想里感受到了痛苦，应该摸索入门了。老头儿被我逗得哈哈大笑，一点儿没有刚才上课时的严肃，邀着我准备去喝上一杯星巴克。

在痛苦中修行

　　我们的聊天是这样开始的："What's your name?"（"你叫什么名字？"）"Hari Nam Singh Khalsa." "What?Which is the first name? Which is your family name?"（"神马？姓啥？名啥？"）

这是一个复杂的姓名组合。Hari Nam是普通的人名；Singh是印度锡克教每一个男教徒的姓氏，代表雄狮；Khalsa是该宗教里所有接受洗礼的男女教徒共有的姓氏。锡克教是15世纪产生于印度的一个教派，它是一种把印度教和伊斯兰教融为一体的新宗教。"锡克"的真正含意是"进了学的人"或"受过教育的人"，锡克教徒们受的教育是有关英雄精神和维护尊严而献身的教育。他们让人印象深刻的装扮是包厚厚的头巾和蓄胡须。他们主张男女平等与直面生活中的所有痛苦，并时刻为社会服务。

Hari Nam不是印度人，他是一个地地道道纽约出生的美国人。在他正式更名为Hari Nam Singh Khalsa之前，在他尚处年轻气盛的、美国20世纪70年代，Hari Nam同每一个纽约青年一样，他们自我、冒险、好奇、冲动。他尝试了跳飞机、飙车、蹦极、嗑药、频繁换女友……在我看来这些感受速度与激情的事情，Hari Nam认为他只是做更多的实验来靠近真相。他说自己从小就是一个喜欢求真、心底与灵性相通的人。

12岁的时候，Hari Nam换上了严重的腿脚疾病，几乎所有的医生都宣布必须截肢并安装支架。这时候，疼爱儿子的父亲悄悄买下了他最喜爱的纽约巨人橄榄球队的球赛季票，希望儿子可以快乐一些。Hari Nam却在这样的运动赛场上找到了动力，最终他在强大意志力的支撑下，通过自身锻炼，在没有任何手术的前提下，使自己的双腿重新恢复了正常。从那时起，Hari Nam的内心就种下了深刻的信念："All is possible through commitment."（"通过信念你将达成一切。"）Commitment，承诺，在痛苦面前直面自己，对赋予自己的使命感保持忠诚，不受环境影响，这里承诺的是行为，具体付诸的是实践。在Commitment的状态下经历抗拒—批判—了解—认同—变化。

　　具有超高领悟能力和行动力的Hari Nam，早期便表现出了他的"多才多艺"：他获得了马里兰大学政治科学学士、圣约翰大学法学博士、圣地亚哥大学税务硕士及路易斯克拉克学院的心理咨询硕士等学位。为了身体力行地体验并接近生活的各种真相，Hari Nam 还做过很多职业，比如律师、金融投资顾问、摄影师、危机热线咨询师，甚至包括纽约市出租车司机。完全不同的身份交叉，让Hari Nam深深着迷生活的丰富多彩，并从未停下追寻生活的脚步。

　　25岁的时候，Hari Nam认识了他未来生命里的导师Yogi Bhajan(国际昆达利尼瑜伽大师)。起初他是排斥的，那些人简直就是奇形怪状——身穿白袍、戴着厚布裹成的帽子，早晨四点特别有自律性地坚持晨练。一开始他的好奇心只是驱动了自己去跟随他的上师进行这个名叫Kundalini Yoga的练习，想看看这后头究竟是什么东西。Kundalini Yoga除了像其他瑜伽一样有身体上的运动之外，它更强调通过呼吸、冥想、体位、服务的实践来达到渗透、扩展和自律的深度个人体验，并最终形成一个身体与心灵共同发展的综合体系。不知是那些美妙的梵语还是从小内心深处的灵性与Kundalini的理念心有灵犀，Hari Nam似乎在这件事情上找到了自己人生的使命，之后直到

年轻时的Hari Nam

现在的四十年里，他一直跟随大师学习，并将Yogi Phajan在世时所传授的智慧、知识及经验通过他的理解和展示传播给后人。

承诺人生使命

这期间，他收获了生命里的灵魂伴侣——墨西哥妻子Kulwant Kaur Khalsa。Hari Nam在美国及世界各地广泛的旅行讲学中，"True Love（真爱）"是最受学生欢迎的主题之一。与妻子在Kundalini的共同修行中，Hari Nam认识到"爱"并不是一种情感知觉或者哲学升华，而是生活的一种方式——它是在与另外一个人的互动中，不求回报地、真诚地关怀对方的幸福和满足感——这便是通过Commitment，承诺，去带动身体与灵性产生自我认知和自我欣赏。

Hari Nam的一位学生曾写过如下的学习体会："你能承诺你一辈子爱她吗？爱她是个感觉还是个行为？而我们能够承诺一个感觉吗？显然不行，我们能够承诺的是一个

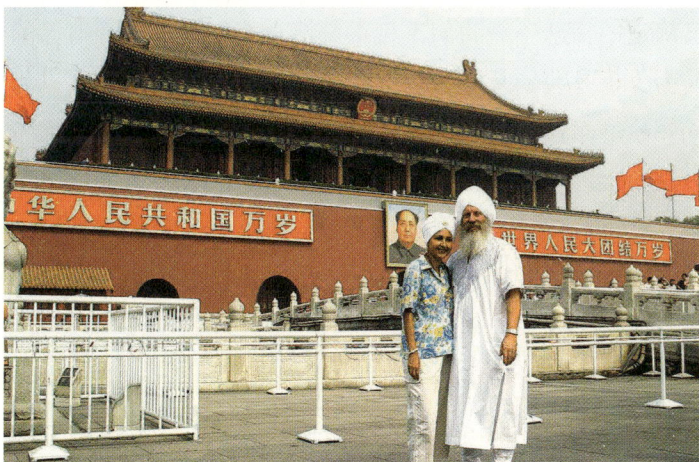

Hari Nam夫妻在北京天安门前

行为。我们可以承诺20年后，我依旧会为自己做什么。"

在Hari Nam的公开网站上，我们可以看到他自叙的、忠诚的人生使命："The mission of my life is to help bring light where there is darkness, clarity where there is doubt and peace where there is discontent. I am not merely concerned about the alleviation of emotional suffering, but rather the revelation of truth, beauty, meaning and fulfillment."（"我的人生使命是给黑暗带去光明、给疑虑带去肯定、给不安带去安宁。我在乎的不仅仅是缓解忧虑，更是揭示真相、美丽、方式与达成。"）这让他获得了世界各地Kundalini Yoga学生们的尊重与喜爱。因为，他用自己半个世纪的亲身实践教授着其他人关于梵语"Sat Nam"的真谛——真实存在，原本美好。

我并不是希望让你去冥想、练习瑜伽，或者是陷入苏格拉底的思考："我是谁？我来自哪里？我将去往何处？"一切描述主人翁的故事都是装点，背后娓娓道来的是要引发我们对自己的思考——他对自身和周遭的质疑与进取；他不怕痛苦地习得自律精神；他孜孜不倦地追求自己确定的信念——我们不见得都能在有生之年习得自己的使命，可是我们是否可以开始习得去思考？去质疑？去行动？如果你为此有了新的发现，欢迎与我分享。

写于 2015 年 8 月 17 日

杨愚：咖啡是不得不去的宿命

【闻香识你】

杨愚，咖果咖啡创始人，专注精品咖啡烘焙。

美国精品咖啡协会高级烘焙师（SCA Roasting Professional）；欧洲精品咖啡协会金杯认证（SCAE Brewing Intermediate）；CCL中国冲煮大赛认证评委；云南农业大学"咖啡学"专业设立专家评审组成员。

咖啡女子杨愚，在我的眼里便是这样：她确定着自己的念想，安心地劳作着手里的信物，直到有一天这份信物真的长成了她内心的模样。

　　我在云南财经大学的"校园众创空间——咖啡场"认识了杨愚。那是昆明的深秋，大朵的法国梧桐叶从昆明特有的和煦暖阳中散落下来。集装箱风格的房屋内，学生们暖暖地窝在沙发里或写东西，或窃窃私语，那些致青春里的朝气蓬勃混合着咖啡香迎面扑来。杨愚便簇拥在这团朝气里，一个面相很亲近的女子，那时她正在为我们亲手烘焙卡布奇诺。那天她对我说："我们慢慢的，其实遇见，是随遇而安。"我不禁眼前一亮：这个诗情画意的理工科大女孩不单单带我回到了豆蔻年华的校园时光吧！

宿命的咖啡

　　小时候，母亲用纱布包着咖啡粉在小铝壶里煮咖啡，满屋子弥漫的咖啡香与流淌于齿间的咖啡在杨愚心中早已与咖啡有了一份约定。长大后，杨愚顺应着"家庭生活的平衡点"和社会的传统约定俗成，从信息通讯工程专业毕业后进入银行开始安稳的白领生活。

与韩怀宗一起在中国咖啡发源地朱苦拉的百年咖啡林中

咖啡起初只是杨愚工作生活中一个不可或缺的点缀：工作台的角落里一定要有一套咖啡壶；一个人呆着的时候一定开始品咖啡，记录它的年份，从口感和香气辨别它的种类与产地；会议上偷偷画起了与咖啡有关的插画。

循序渐进地，杨愚开始在金融工作之余有了与咖啡有关的"第三重身份"——咖啡师。她开始给报纸与杂志供稿自己的原创咖啡插画，为一些单位和企业进行有关咖啡项目的讲课和咨询，与一些独立书店合作为咖啡新品设计插画与品控，上电台与论坛与大家分享自己的"咖啡经"。"在商超，我从'难道你只在卖一杯咖啡？！'讲起；在电台，我说'爱，咖啡和无用的事'；在瓷器会所，只讲杯盏之间；在田间，只讲花事。"讲起与咖啡的相识、相爱到相守，杨愚不无欣喜。

2015年，往常的咖啡故事已为下一步做了充足的铺垫，杨愚最在乎的父母与老公在这些岁月里渐渐懂得并理解她的咖啡情结，她最终得到了最心爱的人们的支持，做了人生中的一个重大决定：离开了自己风雨兼程八年的银行事业……她想为咖啡真正做点儿什么。

辞职后的三个月里，杨愚只身前往上海，泡在咖啡里，走访了上海上百家的咖啡店、聆听他们的故事。她总结出这样三类咖啡店：一是小而美地生活着的咖啡店，它们有自己的特质和品质，并把咖啡做出专属于自己的独特味道；二是老房子概念的咖啡馆，它们一般位居于有故事有历史的上海老房子里，馆厅精致、咖啡极致；三是连锁式咖啡，它们一般设在高级写字楼间，密集度非常高。相比之下昆明这方面的潜力巨大，应该是一个不错的入口。

杨愚想通过更多的咖啡馆故事借鉴、提炼自己的咖啡品牌，也许她将迎来专属自己的一家咖啡馆。这时候，云南农垦集团云南咖啡厂找到她，希望由她来做职业经理人主推"校园咖啡众创项目"。这场谈判并不容易，在长达三个月的沟通与熟悉中，杨愚坚守着自己对咖啡热衷的期望，同时尊重着合作方的展望与寓意，最终她接下了这份offer（工作机会）。

杨愚说："舍得，是安心地做选择的事情。我有确切的目标，并一直执着地行动着。不会轻易地就改变了，也不会在其间四处张望。坚持做一件事情很重要。"

Women active（女性活力）

选用EllE plus（EllE公司ipad杂志）的某期话题，我对她抛了以下十一个问题，来看看人生的这个阶段，作为一个女性，她在爱些什么，忙些什么，烦些什么和还想要什么。

"用三个词形容自己。"

2017年，咖果咖啡，新的起点

"如果每天有25个小时，多出来的一小时会怎样安排？"

"一天中最郁闷的时候是什么？"

"我的事业对我来说是什么？"

"现在最缺什么？"

"怎么奖励自己？"

"经常对老公说的话是什么？"

"经常对员工说的话是什么？"

杨愚手绘

"一个幸福的女人，她一定是怎样的？"

"出门带大包还是小包？"

"一周穿几天高跟鞋？"

杨愚认为自己的三个关键词是自由、好奇和执着。"一个幸福的女人，她一定是自己知道自己的。"比如，咖啡事业于她来说，便是一场不得不去的宿命感。在筹备到运营第一家位于财经大学校园内的咖啡场的几个月以来，她与平均年龄只有26岁的团队没日没夜地辛劳着，不放过每一个细节。她特别记得一个雨天，一位队友在雨中只为了清理咖啡场门口的圆形池塘漂浮着的杂物而不惜全身淋湿。她如往常一样对他说："辛苦了，宝贝！"

现在最缺的便是睡觉。她太想如往常一样奖励自己一个人呆着，有时兴致上来提起来的画笔便不再放下，一系列的插画便诞生了。

平常出门都用大包，里面会装着生活用的化妆包和工作用的笔记本和笔，还有灵感迸发时可以随手拈来的画本。至于高跟鞋与平底鞋的抉择，那得由心而论了。

自从儿子小瓜诞生后，杨愚调整了自己的生活秩序。晚上一定是在家陪伴孩子。几乎每个夜里22点30分以后，孩子睡着了她再起身回到书桌前继续工作。"我习惯一件事一件事地做完。就像生了小瓜之后，晚上很少出门。聚会不是重要的。话剧还会再有下一次。可是小瓜的成长只有一次。我陪伴他。也希望他对生活一直抱有好奇，在适宜的时候，懂得选择与取舍。"

对于老公，杨愚不好意思地说："我对他经常说的话是'过来亲两口再走！'我的先生成熟稳重，我很依赖他。"在一张杨愚取名为《去老挝喝咖啡》的公开插画上，她俏皮地画着一只大象，画的末尾静静地躺着一段独白："那一段时间，爱人频繁地去老挝出差。我是个小胆胆，每天都要喊妈妈来陪我住着。上班的时候，频繁地开会，开会的时候，我会想他。于是画画，给他看，如同一场远距离的恋爱。"

咖果咖啡一角

文末，我也在思考，在这个世界上是否存在着我的宿命？它又是什么？

写于 2015 年 11 月 9 日

杨愚手绘 "2017华丽的冒险"

后记："开心的是，30岁以后的生活，每一年都有新故事，而自己每一年都可以离自己更近一点。柯诺在身边，我们偶尔见面，看见彼此的成长，我们遇见的那一年，她写下那一年的故事，后面，自己改变，却也想文字犹如镜子，不去改的，就像照见自己2015年的自己。"

——杨愚

写于 2017 年 7 月 7 日

胡其辉：瓷器、藏传佛教艺术品的收藏故事

【胡其辉的多重身份】

　　首先，他是云南大学经济学院教授，中国著名的市场营销专家；其次，他是一位MBA导师；再次，除去学校，他还兼任中国高校市场学研究会副会长，云南省市场学会会长等社会职务；最后，胡其辉还是一位资深收藏家，他自称"拾荒老人"，自幼便培养了自己的收藏爱好，并将所学的经济学知识贯穿其中，有自己独具一套的"拾荒理念"。

收藏主线：青铜器、瓷器与藏传佛教艺术品

对于收藏，胡其辉认为，首先你得拥有识别的眼力，而眼力是基于不断的学习；其次，你需要一定的财力，并且以出养进；最后，机遇成就你的收藏，机遇不是撞运气，而是在于学习、不断学习、善于学习，从中得到滋养，进而培养自信，自信将带给我们机遇。

胡其辉的收藏主要有：从20世纪60年代至今，他的私人藏品已达数千件。

首先，他喜欢收藏瓷器，其中包含大量他喜爱的青花瓷与少数高古瓷。

在中国境内，收藏爱好者过亿，其中以捧瓷大军为最。

东汉时的青瓷就有釉下彩绘，从原始青瓷的产生到东汉出现成熟的青瓷，经历了大约1000多年的时间。

大清雍正年制斗彩尊一对

青瓷一经问世，就以其坚固耐用、古朴典雅的风韵得到人们的喜爱。三国、两晋、南北朝时期的360多年间，南方青瓷的生产更是突飞猛进。唐代的邢窑、乳山和三彩，汝官哥钧定的宋代瓷器，精湛无比，美轮美奂，各具特色。横跨欧亚大陆的大元帝国，资源、技术和市场国际化，加之生产组织的专业化（浮梁瓷局出现），美丽的元青花把瓷器生产推向了新的高峰。青花瓷原料进口于中东，元青花产品主要出口阿拉伯地区，现在土耳其和伊朗还保存有

大清乾隆年制蒜头瓶（福禄寿）

大量珍藏。明朝朱元璋在景德镇设置御窑厂，烧造瓷器供给内廷使用，于是明代景德镇官窑诞生。实质上等于今天的国有企业，既接受皇帝的订单，又向市场大量提供精美产品，特别是国际市场。景德镇是全球最早的工业化城市，瓷器生产专业分工很细，它制作的青花瓷以繁密的"七十二道工序"闻名于世，龙、凤、蝙蝠、仙鹤、桃子、鹿等图案描于器皿上代表福禄寿喜等吉祥如意的寓意。明清时期在此地诞生的官窑精品就分为普官（用于交易）和精官（国家定制）。

明朝的瓷器以"粗、大、明"为特色，其中以永乐、宣德、成化三个时期最为鼎盛。清朝以康熙、雍正、乾隆三个时期最为著名，康熙年间的青花瓷器由于胎土淘洗得干净，密度很高因而很重；雍正时期的青花瓷最为精致，也许与雍正非常苛刻的性格有关；乾隆时期的青花瓷做工精致繁缛，堪比路易十四的巴洛克风格。

胡其辉的另一收藏爱好是藏传佛教艺术品，包括唐卡、藏文经书（伏藏）、金铜佛造像和天珠。

公元7世纪，佛教由印度和中国中原地区两个方向传到西藏，融入藏文化形成特有的藏传佛教文化，也称作密宗。藏传佛教是印度佛教密宗与西藏传统的苯教的结晶，它是藏族传统文化的重要组成部分。以群居为特点的人类历史延续至今人口超出70亿，信仰宗教的人口多达80%，人们从教义中取得对人生和世界的理解，在共同的信仰里增强归属感。

藏传佛教文化的高凝聚力给藏族传统社会发展带来巨大的推动力。元代是藏传佛教艺术传播到中原的鼎盛时期，借鉴尼泊尔加德满都河谷的艺术形式，藏传金铜佛造像技术日新月异。15至16世纪是藏传佛教艺术的繁盛期，宗教上层参与唐卡的创作，特别是19世纪汉画风格吹入，汉地通用的"福""寿"吉祥词绘于画中，形成了现在的唐卡艺术风格。唐卡犹如一座流动的寺庙，它在藏语中的意思是"佛祖的卷轴画"。传说在释迦牟尼30多岁时，他的弟子们想为其画像，虽百般努力，但没有一人成功。文殊菩萨化身请释迦牟尼来到河边，通过水中之影画出了释迦牟尼画像。

黄财神（清代缂丝）

胡其辉认为，作为中西艺术结晶的唐卡、讲述佛教文化的藏经书、金铜佛造像以及其他藏族艺术品都具有独特的精湛魅力，它们的历史、经济和艺术价值都非常高。

从20世纪60年代开始培养收藏爱好至今，胡其辉的足迹遍及国内外，除了经常出入拍卖行、古玩店、地摊和网店以外，胡其辉与他的"铲子"（民间收集者——铲地皮的人）合作也长达十多年。

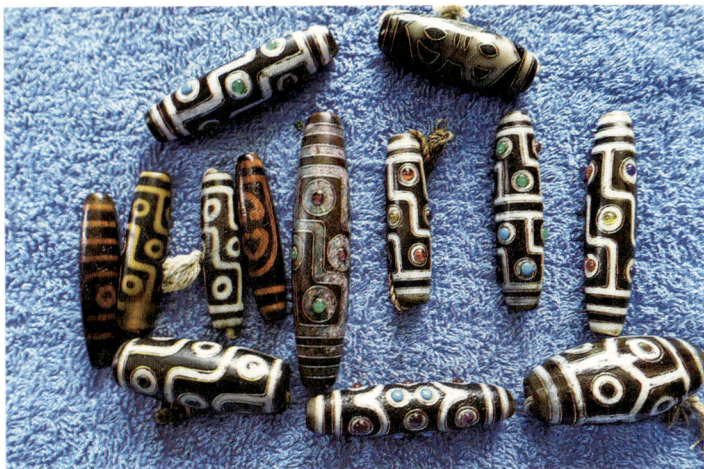

西藏精美老天珠

从"社会医生"到"拾荒老人"

20世纪60年代，胡其辉的童年在昆明一个叫"净园"的四合院度过。宅子的主人名叫陈度，号古逸，是当地很有名的一个文化人。少年胡其辉在宅子主人的熏陶下对古老中国传统文化产生了浓厚的兴趣，即使路边垃圾堆里被丢弃的破损的字画，他也会当成宝贝一样高兴地捡回家，"都是用书画记录的传统文化，我喜欢读"。拾回家的"破烂"越来越多，铜钱、邮票、字画……最后堆满了整个桌子、整个床底、整间宿舍……1970年，16岁的胡其辉参加工作并以邮政投递员的职业谋生。很多住户在他送信件的时候会要求帮忙为其把家里收拾的废品丢到垃圾箱，胡其辉挑出其中好的字画带回了家。

1979年，恢复高考后的第二年，胡其辉考上云南大学经济系。他想，不能成为一名救人的医生，那就成为一名"社会医生"——寻找中国经济发展的道路，用经济的力量帮助社会日益强大。"那是如饥似渴的四年，没日没夜地学习，甚至胃出血也要读书，珍惜这来之不易的机会……收藏，完全放下了。"

过目不忘的记忆力、高效的总结和口头表达能力，胡其辉把它们归功于自幼受中国传统文化的熏陶所得。这些特质使胡其辉在经济系脱颖而出，1983年，胡其辉毕业留校任教。1988年硕士研究生毕业后，顺应经济改革浪潮，他开始自学英语并在1990年被顺利派往美国南伊利诺伊大学，进行了为期三年的访美学者的生活。

1993年后，回到中国的胡其辉发现经济改革带来了社会经济高速发展，但并未同时提升国民的文化素养。他想起彼时在美国借住的古董商家，年迈的古董商收藏了很多精美的来自大洋彼岸中国的古老瓷器，他能讲出自己对中国文化的理解。还有他勤工俭学打工的中餐馆 "The Great Wall"，大厅里挂着四幅明代时期流传下来的画像，每次老板向西洋食客们介绍到自己祖国的文化时都会指着这几幅画赞不绝口。

于是，胡其辉重新拾起了自己遗忘很久的"拾荒"收藏。当时，昆明的张官营旧货市场是许多玩家经常光顾的地方，胡其辉也在那里低成本购入了不少铜器、瓷器、绣品、补子和书画，他利用业余时间一边学习各种传统文化、饱览群书，一边运用所学知识鉴定上手的收藏物件。到了1999年，一方面由于书画造假泛滥，一方面自己手头逐渐宽裕，胡其辉开始扩大自己的收藏领域，包括自己钻研了很久的唐

西周铭文青铜卣

卡、佛像等藏传佛教艺术品。渐渐地，他独到的见解、专业的眼光以及妙语连珠的解说，赢得了很多玩家的信任，甚至与他合作多年的"铲子"都觉得他是权威的。

致收藏家们

拥有数十年收藏经验、集理论知识与考察验证于一身的收藏家胡其辉先生总结了如下收藏建议：

1. 推荐地点

新手可以先从逛地摊开始，国内有几个不错的推荐：山西太原古玩城、北京潘家园、成都宋仙桥。建议有一些阅历的玩家去台湾看看，那里的拍品价格相对较低。亚洲艺术中心的香港古玩琳琅满目。拍卖行推荐北京的嘉德、保利、远方拍卖和德国拿高拍卖，另外日本和加拿大的拍品价格相对合理，性价比较好。最后还推荐如下网站供玩家参考：华夏网、盛世收藏、雅昌网、藏龙等。

胡其辉的收藏室一角

2. 忠告

胡其辉想对收藏爱好者说："要淡定，不要贪！"首先要懂得"长期持有是一种财富"的道理，要以自己的买入价来看待藏品，否则无论浮亏或者浮盈都将变成一种心魔长期折磨自己。其次，要选择好渠道！而这样的选择识别便是基于对收藏品的深度认知，这些认知来自长期地、不断地、坚持地去学习，学以致用，在业界中得到认可、培养自信，自信将带来源源不断的机遇。

教授想为学生们建一座博物馆

2002年通货膨胀日益严重，胡其辉应用自己的经济学思维，将部分收藏转为投资。与此同时，他萌发出想在学校建一座博物馆的心愿，"我希望更多的高校教师都能够在专业技能提高的同时提升文化内涵；我们的学生也应当在历史、文化、艺术、经济中不断学习培养全面的自己。我们迫切需要降解当前教育与学术研究中的浮躁，社会的浮躁"。为此，二十多年来他走过国内外无数地摊、教区、古玩店、拍卖行，并与众多玩家交流。但是，时下收藏市场真真假假、鱼目混珠，法律法规不健全、监管不力、缺乏有公信力的鉴定机构等疑虑使得在学校建博物馆的希望还依旧停留在梦中。

胡其辉不想通过众筹的方式去四处张罗而最终成立一个博物馆，他希望自上而下，如若有一天当地政府和机构向民间募集物品，他愿意将自己数十年的"拾荒"收藏如数奉献，圆上"拾荒老人"最终的一个梦想。

写于 2015 年 11 月 30 日

（本文发表于《山水》2015 年冬季刊）

杨丽琼：基因里流淌着花灯

【自豪的"梅花奖"】

杨丽琼，新中国第四代花灯演员的杰出代表，云南花灯艺术界第一个、戏剧界第二个获得中国戏剧表演最高奖"梅花奖"的国家一级演员。师承著名花灯表演艺术家史宝凤，主攻青衣、花旦。殊荣数十次国内外表演大奖及荣誉。

杨丽琼与玉溪花灯，谁成就了谁？

花灯，是中华汉民族数千年来兼具生活功能与艺术特色的文化产物，为佳节增光添彩、祈求平安。

作为戏剧艺术的云南花灯，已有200多年的历史，它在明清小曲的基础上，加入云南方音、民间祭祀祈福的哭丧调。更在新中国成立前，由"灯窝子"们从滇剧中移植剧目从而出现了花灯滇剧化的"灯夹戏"阶段。

玉溪花灯，则通过改编唱本、引进新曲调、本子戏较多，最终成为玉溪的一大名片进而享誉国内外。

部队出生、长大的杨丽琼，不爱武装爱红妆。尽管父母百般阻挠，她依然心心念念并最终站上了打小就喜欢的三尺舞台，成为一名花灯剧院团演员。19岁时，杨丽琼从外地剧院团回到家乡玉溪，并调入玉溪花灯剧团。重新回到家乡的她认为"血液里流淌的乡情告诉自己肯定要回去"。

姣好的容貌、百灵鸟般的歌喉、软开度极佳的修长身段以及勤学苦练的认真劲儿，剧院老师们觉得杨丽琼实在是天生一个为花灯剧而生的好苗头。而杨丽琼也把剧院老师和同事们呕心沥血、精心编排花灯剧的敬业看在心里，她珍惜这来之不易的机会，在团领导、戏曲前辈的教导中扎实成长，用心掌握花灯旦行的表演技巧，用心揣摩故事情节、认同并塑造传神的剧中人物形象，在每一场戏中重生每一个生命。

此后的三十多年，杨丽琼担纲玉溪花灯剧院的当家花旦，出演了剧组精心打造的不同年龄段、不同经历、不同身份、不同文化层次的边寨少女、农村少妇、旧时代小姐、新社会青年、革命先烈、农家后代。

1997年，剧院根据莎士比亚巨作《罗密欧与朱丽叶》

《卓梅与阿罗》剧照

改编的花灯剧《卓梅与阿罗》，由杨丽琼出任女主角卓梅，该剧革新以往的传统花灯戏，穿插了云南少数民族歌舞风情、塑造人物学"话剧"、身段学"越剧"，再配上杨丽琼生动、细腻的女主人翁形象刻画，一举夺得第五届中国戏剧节"中国曹禺戏剧奖·优秀剧目奖"和"男女主角表演奖"等6个奖项，杨丽琼也因此荣获每个戏曲演员心向往之的、云南花灯史上的第一个中国戏剧"梅花奖"。

此后三十多年的演出生涯里，杨丽琼与玉溪花灯剧院不断创造出更加脍炙人口、令人喜闻乐见的花灯剧作，以剧目为龙头，展现自己的风格及代表人物，并先后殊荣国家文化部"优秀表演奖""文华表演奖"及各类优秀剧目奖，2014年被评为"云岭文化名家"。她与剧团走出国门，远赴意大利、阿尔及利亚、突尼斯、日本、越南、缅甸等国家演出。在2010年伊朗举办的第二十八届"法加尔"国际戏剧节上，杨丽琼还荣获"金面具奖"。

一辈子做好一件事

二十几岁在突尼斯演出时，德国一位医生在看完杨丽琼淋漓尽致的人物表演后，折服于她如同德国人一般一丝不苟的工作作风。十年里，这位高大、英俊的医生通过电话、书信，甚至随身携带一位中德文翻译亲自来到中国，向杨丽琼发出诚恳的邀请，表示愿意资助她前往德国进行声乐深造。

杨丽琼犹豫不决，一边是浪漫的欧洲国家的声乐深造，一边是剧团蒸蒸日上的花灯演出，究竟该如何抉择呢？

一位德高望重的戏剧著名导演对她说了一段话："漂亮的女孩满大街都是，但她不属于艺术。而你，是属于艺术的。"杨丽琼有自己对艺术的理解："**它不一定流行于当下，不直白。它应是含蓄的、走心的、无杂念的。**"花灯便是杨丽琼心目中最好的艺术诠释，"对花灯的痴迷，大概源于我对玉溪故土的情结。无论我走到哪里，只要听到悠悠灯调和着历历乡音响起，就会从心底升起无尽柔情。尽管玉溪花灯只有200多年的历史，不如昆曲的历史悠久，没有国粹京剧的辉煌，但恰如玉溪水土养育的小家碧玉，清新俏丽，温柔婉转。"

她舍不得撇下这份艺术，撇下自己苦练多年、由全院齐心协力打造、已逐渐形成自己风格并深受广大观众喜爱的花灯剧作。

最终，她拒绝了前往德国，而是选择了继续留在家乡、花灯之乡的玉溪。

剧院院长、演员、观众无一不见证了她"在长达两三个小时的大戏中，不曾记错一个字，不曾唱破一个音，不曾有一分懈怠"的专注于一件事的执着和痴狂。

"像她这样获奖档次之高和多，在云南戏剧界凤毛麟角。她在玉溪花灯剧院多次承担新创剧目主演，戏剧是以表演艺术为中心的艺术门类，玉溪花灯剧院造就了杨丽琼，杨丽琼的出色表演弘扬了玉溪花灯。"

云南省戏剧家协会名誉主席、国家一级编剧乔嘉瑞

"演《莫愁女》时，由于原来的导演退休，没有执排，而她却坚持在舞台两边侧幕观摩，所见之表演，所听之唱腔、台词、念白均细细留心，反复揣摩。在剧团需要的艰难时刻，她迎难而上，担当重任，并在第一次上台就展露了头角。"

玉溪花灯剧团原团长朱丽云

"她活着似乎就是为了演戏。在排练中，我发现她有极强的领悟力，着重于诠释人物的心理和情感，把唱腔、舞蹈的技巧用来传达心灵的感受，从体验到表现的表演提升了她的戏曲表演意识，她的好嗓子加上细腻的处理，使得她的歌声在唱到深处时让人感到灵魂在颤栗！"

著名话剧表演艺术家、导演潘伟行

"她是云南省花灯演员的领军人，她的成功与三个坚守分不开——守根、守特、守戏。她反复在做一件事——灯戏演唱与表演，她创造性地在做一件事——继承与发展。她把复杂的事情简单做，简单的事情认真做，认真的事情重复做，重复的事情创造性地做。我为杨丽琼坚守花灯戏的根而慰藉，在长期思索本体艺术问题上，她有着无

限的耐心与勤勉——成于专，毁于杂。"

国家一级导演、玉溪市花灯剧院院长严伟

"探访喜爱的演员杨丽琼，不由的想到越剧已经伴我二十几个春秋，而花灯却是两个月前才看到，却让我一样的沉迷。印象最深的《莫愁女》，比较偏爱的是1983年竺小招和林婷婷的越剧版本。看到杨丽琼版本，唱腔清扬激越中和着柔婉凄美，在含蓄细腻中表情达意，竟让自己自失其中了。一个艺术家能将角色的美塑造到超越语言表达，难以概全，那才是我心底里真正的艺术家。"

戏迷

三十年的花灯演艺生涯里，杨丽琼放弃出国深造、前往规模更大的剧院工作的机会，安心待在"花灯之乡"玉溪，用心演绎着她的"花灯艺术"。用她的话说，她四平八稳、宁静地待在这个小家碧玉般的家乡玉溪，只因造就她的花灯离不开玉溪文化，只因花灯之于她已变成了一种责任，只因花灯与玉溪在她的心里成就了一份走心的情怀，这份情怀让她在走过标梅之岁后依然对人间挚情美好向往。

写于 2015 年 12 月 28 日

（本文发表于《山水》2015 年冬季刊）

金飞豹：行走不止于脚步

【身体和灵魂至少有一个在路上】

金飞豹，著名探险家、策划师。23岁首次登顶昆明最高峰禄劝县轿子雪山(海拔4223米)，33岁策划组织中国著名登山家、环境科学家及媒体记者共150多人举行全球首次"清洁珠峰"登山垃圾环保宣传活动，43岁以云南本土人第一人和世界上首次兄弟组合联手攀登世界最高峰的身份登顶珠穆朗玛峰（海拔8844米），45岁策划并组织了"百年奥运·传奇见证"2008昆明献礼"奥林匹克魂"世界珍藏奥运邮票展。至今，他仍然保持着最短时间(11个月零16天)完成"三极"（登顶珠峰、徒步到达南、北极点）、最短时间（18个月零24天）完成"7+2"（攀登七大洲最高峰，且徒步到达南北两极点）两项极限探险世界纪录。

金飞豹说："真正的行者是脚步停止的时候，思想还在远行。"

20世纪80年代，金飞豹自制热气球成功穿越滇池上空，至此他便开始了探险的终极勇士之路：登山、马拉松长跑、骑车做信使、清扫珠峰、奥运献礼、打造郑和舰队等。在这些层出不穷的活动中，他总是能别出心裁地在看似普通的行走活动中添加用心的元素，他不会只跑完42公里就飞奔回家，因为他相信："只在家门口是无法长见识的。"他在户外精神里加上美好愿望，登山的时候思考当地环境与自身行为。他笃定地认为："你没有观过世界，何来世界观？"于是在保持酷爱运动的同时他前往世界各地探寻当地美食、聆听路上美好声音；看到中国文化在其他国家展出，他自豪的同时会去反思为什么这个文化在国内被鲜有发现，那不正是我国最古老文化的传承吗？

于是金飞豹的每一次出行都会精心策划一条大致的主线：一个美好愿景的主题并关注社会正向发展、吻合当地城市精神。这样有影响力的、积极的行走创造了大量的财富。

人生的高度，永无止境

金飞豹有两个重要的人生信条："生命的价值高于任何一座山峰"和"思想的攀登更为重要"。

在《一路追梦，探险与策划》的感言中，金飞豹充分叙述了自己并不是一个仅凭"好运气"便一头子发热行事的人。相比起探险、登山之前去想"万一回不来呢"，金飞豹把大量的注意力集中在准备上：专业探险知识和技术装备、适可而止确保安全、详细操作的可执行性、可执行基础上的创意性。总之，他在有舍有得之中身体力行地证明着他存在于这个世界之中的最好方式。

而当1996年6月5日开始攀登珠峰的同时，金飞豹为此

金飞豹登顶北极点

次攀登带来了新的高度：在这个世界环境日里，他邀请其他登山家、科学家共同清理从5300米的珠峰大本营至6500米处的山体垃圾，此次活动受到国内外媒体的高度关注，此后每年环境日珠峰大本营都有自发清洁的活动。

金飞豹说："攀登总是会有一个高度，而思想的高度永无止境。"

同样的思考，金飞豹带入了2015年的梅里雪山转山中。

2015年，藏历羊年，是四大神山之一、梅里主峰卡瓦格博的本命年，也便成了梅里雪山转山的大年。回忆16年前到此转山，金飞豹说："那时我一路上最多也就看见100个人左右来转山，而且绝大多数是藏民，我非常敬仰当地藏民顶礼膜拜的宗教习俗。可是今年梅里涌入了成千上万的人，他们一味地怀抱自己一定要实现什么的宏图大志却又希望快些完成转山，山脚的很多小路甚至有摩托车可以直接送至下一段大路。原本虔诚的文化宗教也在现代快餐式文化的影响下被迫飞奔，甚至面目模糊。人的一生已经非常短暂，更需要慢，慢慢欣赏！"

更令金飞豹痛心的是，信徒们急功近利地快速转山的同时却从未捡起过迅速扔往身后的垃圾。神圣的转山路上垃圾遍地、一片狼藉。转眼即将入冬，梅里将迎来封山期，金飞豹在完成转山之后却开始了新的谋划："明年开春我会联络当地政府、活佛举行清扫梅里的主题活动来妥善处理垃圾。我由衷地希望这个活动能吸引到今年转山的普通人再回来捡走自己的垃圾，连自己的垃圾都没有能力带走，神灵又为何来护佑你呢？"

"人生的速度，继续传递"

面对自己由于喜爱运动而坚持了几十年的马拉松运动，金飞豹是这样阐述的："年轻时好胜，会在乎跑步的速度，现在不得不承认生理速度是走下坡路了，而内心奔跑是继续传递的。"

比起马拉松赛场上的其他很多运动员，金飞豹忽略了跑姿、配速和装备的高低，他把重心放在了文化交融里。

在刚刚结束不久的9月份法国波尔多红酒马拉松赛事上，金飞豹在奔跑之余，红酒文化、米其林美食可是一项没落下。他在法国多停留了一个月，把自己放空为一种大而全的状态，把自己当作跑者的同时更认可自己是一个行者、一个友好的外国友人。

"有一年，跑南极的超级马拉松时，在阿根廷停留了一周。由当地人带领去到南美洲的最南端弗罗厄德角，当时我告诉自己，此刻站在了世界的尽头，才知道回家的路。家是心灵的家园，路是人生的道路。在这样的路上重新调整人生的标准，才能慢慢找到自己的方向。"

　　未来，金飞豹打算结合国家的"一带一路"政策来助力自己完成"百马王子"。那是一个他认为应该全民提倡的运动嘉奖：设立一个"百马基金"，授予那些跑完一百次马拉松的跑友们"百马王子"的称号。

　　目前他已完成了七大洲的极限马拉松与很多城市的马拉松，接近50场。接下来，他将从"一带一路"沿线64个国家和地区中，精心挑选适合自己的、有当地国际马拉松日程的50个城市来跑步，同时他将取得昆明政府支持，请市长依次写下50封友好往来信函，由金飞豹与他的团队亲手将友谊信函交到该市市长的手里。"不单单是去跑马拉松，更是要去展示当代社会主流价值、展示城市友好交流的姿态。这样的'马拉松信使'寓意非常好，在2500年前马拉松诞生的契机就是纪念一位牺牲自己生命的信使。"

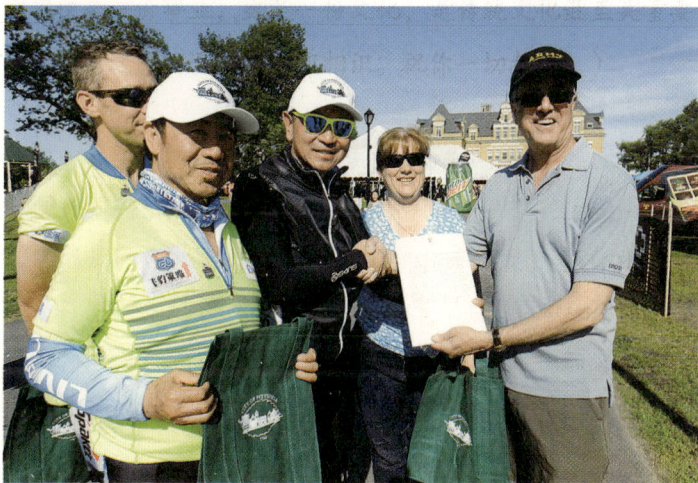

金飞豹向马萨诸塞州匹兹菲尔德市长传递昆明市长发出的友谊信件

"人生的广度，同舟共济"

真正的行者是脚步停止的时候，思想还在远行。

每天即使再忙，金飞豹都会为自己预留至少一个小时的阅读时间。每次出发去一个陌生的地方之前，他会阅读大量有关当地的书籍，再把书本内容带到当地去验证。阅读与思考带给金飞豹很多启示，"思想的高度决定行走的长度，世界上成功的人是万分之一，而他们又凭什么做到呢？有自己的思维并且正面地解决问题很重要。"

为此，他计划建一个图书馆式的Hotel（旅舍），入住的人不用付费但要捐一本值得读的好书作为交换，大家在一起畅谈书籍给予彼此的智慧与启发。

同时，他还有另一个伟大的梦想正在积累筹备：五年以后进入航海主题！组成精干团队成为当代航海友谊信使，超越当代航海运动。"郑和下西洋之后我国的航海文化就关闭了，可是只有航海才知道自己的渺小、自然的壮大。在航海里体验孤独、风险、挑战、团队生死之交，才能凝聚同舟共济的胸怀。"

在完成对南极、北极、珠穆朗玛峰等的探险旅程后，2012年金飞豹便开始了最费时、费钱的冒险，自费600万元人民币，完整复原明朝七下西洋的"郑和舰队"模型。"我去参观了很多国家的郑和博物馆，发现他们对郑和的宣传都比国内好。郑和是云南人，我想在云南为他、为航海文化做些什么。我利用多年搜集、购买的郑和资料数据，投资制作了郑和航海船队，想把伟大航海家的传记展现出来。"可是由于舰队的规模庞大，要完整展出至少需要4000平方米的面积。舰队落户何处一直没有定论。

2015年11月，李克强总理访问马来西亚，并参观了位于马六甲的郑和文化馆。此事件引起了当地侨领的高度重视，他们听说在不远处的昆明有一个叫金飞豹的探险家建了一支航海舰队，便热情邀其至马六甲，双方均有意愿在马六甲共同建立一个郑和博物馆。"也许这支航海舰队将完整保留在这座博物馆里。我会继续进行我的无动力帆船环球航海运动，总能找到方法。"

金飞豹认为登山是个人英雄色彩的展示，马拉松是个人健康状态的即刻展现，航海是有开拓精神的年轻精英的潮流。而他会一直在这些用脚步丈量人生的行走里继续体验、沉淀和分享人生的高度、速度和广度。

写于 2015 年 12 月 30 日

（本文发表于《山水》2015 年冬季刊）

金飞豹团队骑行美国66号公路

西西里的夜未央：左手欧罗巴，右手撒哈拉

【遇见一个北非男子】

在五彩斑斓的童年梦想里，我曾幻想过要在地中海边生一个孩子。

那时我还没有看过《教父》，也没有听过《西西里的传说》……直到我在巴黎地铁里遇到了一个阿尔及利亚男孩儿，才知道地中海远比我五彩斑斓的幻象中变幻莫测太多。

地铁里我为一对非洲马里的母女让座，并且与她们主动交流。这时候，一个白人男士主动过来翻译，他有一双深邃的蓝色眼睛，褐色的头发，瘦高的个子，温暖的声音。十分钟里，我们一起合影，并交换了Email，然后我与他道别，匆匆赶往西西里岛的首府Palermo（巴勒莫）。

不愿被称作意大利人的 Palermo 居民

西西里岛是地中海最大、也是地理位置最中心的岛屿。首府Palermo在西西里国王安茹伯爵（法国古老的贵族称号）查理一世把行政中心迁到意大利南部城市Naples之前，曾经做了十年的首都。而查理一世，相传是一位梦想建立地中海帝国的骑士国王，却在西西里晚祷战争中抑郁至死。

君士坦丁皇帝在位期间，是325年到337年。其间发生的两件事改变了欧洲的历史。一是罗马不再是帝国的首都，由拜占庭，后改名为君士坦丁堡取而代之；一是官方正式宣布基督教为帝国的国教。而此后的三百年里世事变迁，随着罗马帝国的没落和阿拉伯半岛伊斯兰的兴盛，6世纪开始的对峙和接触逐渐使地中海周围产生了三股主要势力：东南穆罕默德的继承人、哈发里建立的伊斯兰国家，西北法兰克王国，东北拜占庭帝国。它们之间由于经济、政治和宗教原因的权势之争随之愈演愈烈、气势汹汹。

这个地中之海的中心西西里岛自然也涉入风波中无休无止。古罗马人、拜占庭人、阿拉伯人、诺曼人、西班牙

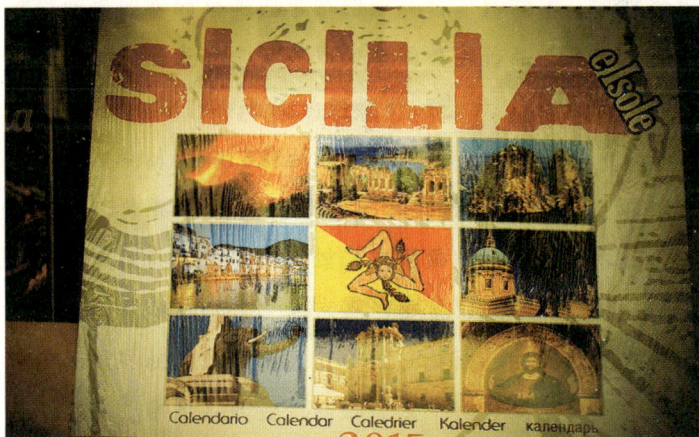

Palermo的书店一角

巴勒莫大教堂

人、意大利人，甚至黑手党都主宰过，使这一带地区杂糅了很多人种，他们讲着各自的语言、信仰着自己的神尊、镶着五颜六色的瞳孔，倒显得这里愈加五彩斑斓与神秘莫测。

像极了国内曾红极一时的17岁高中女生的演讲："我该如何去爱她？时间长了，渐渐地我们认了，谁霸占了你的母亲，你就认他做父亲，我们犯贱吗？"走在西西里岛首府Palermo的街头，看着风格迥异的各式建筑、不时飘过有勋章装饰的大摆花色连衣裙、完全听不出语种的呢喃歌声，我很恍惚这里究竟属于哪里。连当地人都不高兴自己被称作"意大利人"，他们说："我们叫西西里人！"

巴勒莫大教堂便是见证西西里历史的最好名片。

罗马人的圆顶比较好弄，是在圆的围墙之上加盖圆顶，而拜占庭建筑的奇特之处是在方形底座之上加盖圆顶。这是由建筑师把圆拱与户间壁巧妙地结合起来建成的，在西西里岛诺曼王朝统治时期便深受影响。目前，教堂有诺曼式的粗柱，13世纪装饰哥特的双层尖顶、罗马式的拱门、拜占庭人的圆顶和马赛克拼贴。

哥特式的建筑形式，是寻求更多的光线和更大的空间的必然结果，它反映了身处杀人越货的环境中，人们不能没有精神上的寄托。而在盛行的整个时期，哥特在民间却一直有着美妙动人的童话：3000年前，美索不达米亚的入侵者在巴比伦为自己建造高塔，人们待在细长而上部呈拱形的窗户里，自认为高耸入云、与神更接近，并能感受祖先当年在森林里生活的气氛。

著名学者房龙这样评价包括西西里建筑在内的绝大多数欧洲建筑："在这片建筑群已达到最完善境界的地方，1000年来的变化，微乎其微——在这些沉睡着的城市，自从查理曼大帝的小猫产仔以来，什么也未发生——你不但可以学会欣赏并领略饱经风霜的石砌教堂给你带来的淡雅之美，而且到最后，你会熟知一切，你会发现这些教堂的某些底蕴，在你联想到，我们现代文明，在几年以内，将遭到同样下场时，你会不寒而栗。"

巴勒莫大教堂十二星座铜线

教堂地板上的十二星座铜线图，据说不同时段光线从教堂穹顶射进会照亮相应月份星座的铜线。教堂内除了埋葬有多位当地统治者外，还在地下陈列了阿拉贡的科斯坦萨女王的宝藏。

从教堂步行出去没多久就到了Palermo的老城市中心，被称为该市地标的"四首歌区"广场。广场上四个方向的四纵列楼房建筑将广场围成一个圆，并顺势将Palermo一分为四。每栋建筑前面的四分之一圆立面雕刻人物从下至上分别是Palermo守护圣人、西西里国王和代表四季的喷泉。好似诺曼人的祖先维京人在斯堪的纳维亚半岛的美艳敌人Siren（希腊神话传说中河神埃克罗厄斯的女儿，人面鱼身的海妖，用天籁般的歌声迷惑墨西拿海峡路过的航海者并把他们吃掉）一年四季唱诵着大海的赞美诗。

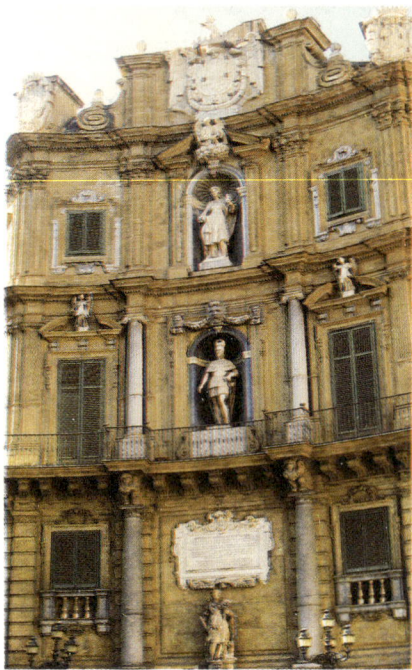

四首歌区四分之一圆立面雕塑

据说，这里从早到晚都能晒到地中海阳光。顺着阳光，总是一不小心又绕回了四首歌，又或者这座城不太大，而这里又真的是太中心。沿着四条街区中任意一条随意一拐就能走进当地的集市和跳蚤市场，那些传说中的"柑橘柠檬橄榄葡萄"在十月初秋也是应有尽有。如其他欧洲城市一样，集市里的商贩们都把蔬菜瓜果摆成被检阅的仪仗队，分外缤纷。老爷爷老奶奶们在自家门口一字排开各类极赋地中海风格的饰物，我一眼就相中了一张西西里岛的地图桌布和一枚手工做旧的西西里岛卡通地图冰箱贴，爷爷奶奶不会说英语，只是神色庄重地用手势比划着，顺带偶尔夹杂几句意大利语。而我心领神会般接过他们手中的异域之礼，像是它们已被刻上了这片神秘海洋和土地的魔力并欣然接受被带去另一片东方国度。

在这样的意境下、在喧闹的集市小巷中来一场海鲜午餐，偶尔迎面走来热情演唱意大利语的马路歌手，歌声里飘荡着地中海特有的海风气息。

最美的地中海海岸线——西西里岛西北角的圣维托罗卡波（San Vito Lo Capo）

如果选择自驾，从Palermo出发沿西北方向行驶两个小时以内可以到达圣维托罗卡波。此外，每天清晨六点半，在Palermo火车站背后的当地汽车站会有一趟大巴车通往这个海滨小镇。

圣维托罗卡波处于意大利自然保护区Zingaro境内。在驶出Palermo市区之后，公路便一直沿海岸线延伸开来。

圣维托罗卡波最美地中海海滩

同行的伙伴们欢呼雀跃，车窗外的景色像播放动画一样美轮美奂：民居均是沿着海岸线搭建成一线，再按照山坡地势，层层叠起。海天一线，蓝的、蔚蓝的、湛蓝的、深蓝的……这里被认为是意大利最美的海滩、地中海最美的海岸线。

我们预订的Mira Spiaggia酒店就在美丽海景的正后方，可以将大海、沙滩、山崖一览无余。沙滩上的人们张开怀抱肆意享受着地中海馈赠的惬意时光。酒店后边的街道通向小镇的街区，以意大利主食为主的各类饭店和纪念品商店琳琅满目，一些游客还自发排起队伍跟随当地人跳起散发着异域风情的美妙舞蹈。

除了我们，这里几乎看不到其他亚洲面孔。

傍晚时分，喧闹的沙滩寂静了许多，只有水平面上的船只远远发回汽笛声，与岸边高耸着的灯塔遥相呼应。

与欧罗巴遥相呼应的撒哈拉

我去做了一场酒店的spa，把蜡汁浇热与精油混合按摩至皮肤与头发上。这时，我的Skype响了，在巴黎地铁遇到的男孩Nabil给我留言问在哪里。我说，西西里的沙滩上，曾经梦想要在地中海边生一个孩子。然后他回，那么别忘了我就在地中海，我的家乡阿尔及利亚就在西西里的正下方，1个小时飞机的距离。

我猛然回想起前一天大家在Palermo的查理五世新城门上看到带着面纱的人物雕塑，有朋友猜测那是带着阿拉伯头巾的阿拉伯人。回想起这几天的西西里行程，除了众多的欧罗巴元素，还有很多的伊斯兰风格。我一直望向地中海的北边，却忘了它的南边正是非洲的北部。

地理上，习惯将撒哈拉沙漠以北称为北非，主要包括埃及、利比亚、突尼斯、阿尔及利亚、摩洛哥、苏丹等国家，主要人种是白人，阿拉伯文化与伊斯兰教是这一区域的重要人文面貌。

阿尔及利亚是非洲最大面积的国家，以出产石油和

西西里岛随处可见的标志物Trisceli（古希腊语），"三曲腿"，谕旨西西里岛的三角形地形

天然气为最大经济支撑来源，伊斯兰教为国教。1962年阿终于从法国的殖民中独立，当时法国政府允许两边的民众自由选择去留，有超过一半的阿尔及利亚人民选择去往法国。目前法国是除去英国以外，第二大穆斯林移民国。从去年的巴黎《查理周刊》遭穆斯林袭击到今年大批西亚北非难民自地中海涌入欧洲看来，地中海两端的文化与人民并没有彼此赏心悦目。

阿尔及利亚虽然已经独立几十年，但是之前太长时间的战争使这个国家极大地削弱了社会进步与人民安康。平民总是战争的无辜受害者。现在Nabil的父亲已经七十岁还在找工作，他的父母一直寄宿在出租屋里。他的两位姐姐嫁去了巴黎，他在两年前考取了法国最大的公立大学图卢兹大学念石油勘测专业，原本希望自己毕业以后能在巴黎

集市一角

找到正式工作，改变家庭轨迹，但是，穆斯林身份给他在法国还是带来了不少阻力。

我在Facebook上面看到的他，无论是在学术会议上的讨论，还是足球场看台上看比赛的照片，都是英俊阳光的，与身边的欧洲人无差。后来我问他："你为什么主动过来翻译？"他说："因为你当时看起来很像一个天使！"现在我似乎更理解了他的意思，在那对自非洲最贫困的国家马里移民自法国的母女面前，我展现了一份真诚的友善。

回到国内后的半年，一次一位印度朋友来家里做客，看到我从西西里带回的石头与沙贝时，意味深长地说："你从别处'借'来了东西，这代表你会因此再次回到那里。"……我在心里默默祈祷，期望有一天我再回去时，地中海可以成为连接两端文明的枢纽，不再是阻隔。

写于 2014 年 10 月 25 日

（本文发表于《山水》杂志）

李金泽：爱机车摩旅的拓展培训师不是一个好 Boss

【关于李金泽】

"历奇教育"CEO，美国国家催眠与心理治疗协会（NGH）认证咨询师，高端连锁露营基地拓展培训师，机车摩旅爱好者。

格拉丹好汉

第一次见到李金泽是在两年前的格拉丹草原上。当时他是我们的全程户外培训师。他带领我们前往丽江老君山爬飞拉达（有保护的岩壁探险），规定领导们统统入住青旅，行驶数小时险些翻车的蜿蜒山路入住高原大山深处最美格拉丹草原，集体搭帐篷生火做饭，深夜讲MBA课程，篝火边抒发机车环游世界的人生豪情。

无论是领略大好河山还是理想主义式宣泄，无论是商务课程还是户外团队合作，我们这一堆参差不齐的学员完全甘愿被这个培训师"摆布"，甚至在几年以后回忆起那一次的格拉丹旅行依然意犹未尽。在格拉丹帐篷酒店，我配合他主持最后一个环节"写一封信给两年后的自己"，大家三五成群地在美得心醉的草原上摆自己最舒适的姿势坐下认真写信，就连平日的几个大老爷们儿都静悄悄地走心了。席间，我和李金泽聊起来，我问他："你喜欢机车所以给我们播放了机车爱好者，是想通过骑车环游世界的愿望以鼓励其他人吗？"他说："我就是一个机车摩旅的爱好者。在没有铁壳阻挡的机车长途行驶中，旅途最长去了西藏，3000多公里、十几天，我能全身心地感觉大自然的温度、土地的厚重以及自己与自然的呼应。影片的末尾说得很好，'只要出发，就能到达。'"

李金泽，机车摩旅爱好者，有魔力的拓展培训师，"历奇教育"创始人。与他共事的同事是这样评价他的："他精心安排了每次活动的每一个寓教于乐的环节，比如，户外拓展时，帐篷搭好之后，他还会考虑：客户从帐篷的左边还是右边走向中心的集合地更好呢？"

任何事情通过量化拆分再量化都能做好

李金泽人生道路上的第一个导师是一个名叫Evan的德

爱机车摩旅的拓展培训师

国人。在2004年，户外探险还只是极小众化的年代，李金泽已是圈子里小有名气的户外leader（引领者），他不定期带敢于尝鲜的足户们开疆辟地。一家国外的体验式管理培训机构在当时李金泽自己设计的户外旅行网站上发现了他，想邀请他做一期西南地区的拓展课程。期间，李金泽被此次活动的负责人Evan的人格魅力深深打动，"他是一个考虑身边所有人感受的人。我特别记得一段有关站队时他说的话：早晨让大家站队集合前，先看太阳在哪边，就让大家背向太阳的方向。让培训师一人面对太阳，学员们晒不到太阳也更能认真听讲。"Evan也对李金泽给予了高度评价："高度责任心！认真！考虑事情很细致！"

两人一拍即合后，Evan出资成立"历奇教育"，并邀请李金泽作为在昆明的实际企业管理者，该机构主营业务为带领团队进行户外拓展培训。在长达十多年的合作中，李金泽认为通过Evan自己是获益匪浅的。

比如将设身处地地为他人着想的思想运用到机构的

统筹规划中。他总结出一套自己屡试不爽的做事方法：一件事情先量化，再拆分，将拆分后的每一个子部分继续量化，运用5w2h落实到每一个具体的事项和个人身上，接下来各司其职，不要相互干扰，因为"**高水平的独立，才能带来高水平的协作，这才是最大的团队精神发挥。**"

这里面很重要的一环自然是把什么人放在什么位置。李金泽认为："没有不合适的人，只有放错位置的人。"

他列举了两种典型特征的人，一种是孔雀特质的人，李金泽认为他们极速热情高涨同时也很容易消耗迅速，这一类型的人应该找到与之相匹配的事情，一定是能使这类型的人感兴趣、喜欢的事情，而且要找与孔雀相匹配的人来共事，"比如考拉型的人，他们忠诚、不希望有冲突，可以很好地配合孔雀型的人完成工作"。

另外一种人是当下很流行讲到的"自我的人"，李金泽认为其实这样的人更好管理。"他们将更能在拆分量化后把自己分内的事情做到极致。因为他们更关注自己的感受，如果在分工时就把他擅长的部分交予他，他也不期望干预别人的工作，也更能专心并很好地完成自己的部分。"

在招聘管理方面，李金泽给予更多Boss们这样的建议："品质和性格是排第一的，能力才是第二。性格是指一直有的、内在的行为习惯；品质是指在家庭熏陶中生长出的一种正面积极的道德观和价值观。我很看重品质，它会让一个人像战士一样坚韧，也许因为太过专注而孤独，却可以在突破中得到无限机会。"

一个理想主义者的客栈朝圣路

2000年（香港）中国探险学会梅里雪山基地正式成立，他们在当地成立了一个藏獒繁育基地，还按照香格里拉当地藏民的风俗习惯装裱了基地房屋，他们期望去到最偏远的地区寻找、保护藏獒的纯良性，将纯种藏獒赠予藏民。

早期，藏獒于藏民们来说是作为家庭成员而不可或缺的，它们是高原部落勇猛忠诚的保卫者。随着现代生活越来越多融入到藏区使藏民们越少依赖藏獒，另外高原地区的交通日益发达也使不法分子们更多将藏獒杂交导致纯种藏獒更加稀少，且伤人事件屡屡发生。2007年基地以失败告终。

2012年，一个偶然的巧合，李金泽与这个国际上知名的NGO组织结缘，改造基地为客栈供前来登山的游客入住，而所得利润将服务当地藏民社区，他们初期计划2017年在基地建立藏族神山文化展览馆。

李金泽认为自己自始至终在这个项目里是"不带任何个人利益地行使公益"。他在还是青葱小伙的年纪便梦想能够拥有自己的一家客栈，在归园田居中聆听路过的别人发生在别处的故事。现在在探险学会的梅里雪山基地中看着自己设计经营的客栈正一步步走向正轨，而且客栈将帮扶周围的社区以及社区农户们。李金泽认为自己的梦想不

中国探险学会梅里雪山基地房间

仅实现了，还被升华了。

未来，将撑帐篷进行到底

目前，李金泽所在的"历奇教育"已经是当地最大的连锁露营基地。目前他们在楚雄五台山、曲靖海峰湿地、澄江以及玉溪九龙池均设立了"帐篷营地"，在这里他们切割市场，以家庭为目标受众，制定标准化的范式流程，为住户带来高品质的入住享受，并配套当地环境开设攀岩、观鸟、溯溪、手工劳作等课程，使家庭成员们在深度体验大自然的同时放松身心。

"未来十年，我希望在更多城市周边建立户外露营地，服务城市；在偏远的山区建立帐篷酒店，引领更多城市人走近自然。坚持自己喜欢的事情总是不会错的，我不想轻易认输，未来我还会捡起多年前我搁浅的事情继续坚持把它做完、做好、做完善。坚持与喜欢总是最重要的。"

写于 2016 年 1 月 19 日

曲靖海峰湿地帐篷营地

洪海波：向前一步是红尘，退后一步是净土

【都市陶渊明】

洪海波的田园语录是这样的："乡土于我是连接童年的纽带。在都市生活的很多年里，我都试图想在附近的村庄寻一块地，在都市怀念田园气息。都市与田园，我觉得它们没有绝对的对立，我在这样的开放与收缩的不同状态中寻找着自己。"

田园是一种相生相伴的情结

诗人、艺术策展人、国学专家洪海波提起自己的童年时总是饶有兴致："一开始我总是对于自己长在乡下、一个叫寻甸的村庄里耿耿于怀。我逢人就嚷嚷：'我的家乡是上海，大城市！可不是这样的小山村！'那时，我们家还有一块地，父母和姐姐在地里种菜、养鸡，为了储备、纯物质需求，田园于我们不添加任何情趣。我不喜欢一出门便是成片的山包。"

青年洪海波

10多岁时，由于父母工作单位——云南农业大学在"文革"后迁回原址，洪海波全家搬迁生活到昆明的郊区黑龙潭。那时，洪海波回忆，他居住的房间打开窗户就能看到长虫山（位于昆明城的北郊，山体似一条石质巨蟒），山脚清晰可见绿油油的稻田，就是这样的山清水秀激发了洪海波的无数写作灵感。18岁在地震局做野外考察，他把滇西的山山水水大致体验了一遍，19岁时第一本诗集《灵魂岛》便是在山水情结中和浓厚的田园气息里创作出来的。

再后来，成家之后，洪海波搬到昆明市区里安家。这期间，他经历了开办广告公司、去政府部门上班、当老师、编书、写书、艺术策展等许多不同种类的工作，也因此拥有了丰富的生活体验与人生感悟。很多个结束工作的深夜，拖着疲惫的身躯回到家里，洪海波推开窗只看得见密密麻麻的楼宇森林，抬头才能看见方井大小的天空，这时，他才突然领悟儿时的乡土记忆，那是上天给自己的恩赐啊！

"我就想，一定要找一片田地，让心回去。"

有距离感的半隐居生活——碧鸡关艺术区

碧鸡关距离昆明市中心20公里，位于车家壁彝族村，是洪海波的好朋友马勇开辟的一块占地370亩的林地。艺术区盖了一些平房，并邀请了很多志同道合的艺术工作者来这里创作、写生，包括制作木器、陶器、铁器、皮具以及国画、油画、版画、雕刻、摄影、写作、音乐、茶道、国学……在这里租下一间房，与"马村长"打声招呼就能在平房后面的林地里自行耕地，附近村民们还会经常热情地上前指导如何耕种和施农家肥。

这里的几层平房很快就住满了云南和全国各地的艺人，"志趣相投"的人们纷纷"霸占"了自己的田园一角，写诗、作画之余，大家三五成群去"后山"踏青，或者背上画板去野外写生，或者请教隔壁村里的农夫们开始耕种容易成活的果蔬，平时外出就让村民招呼自己的菜地。

碧鸡关还设了一个食堂，食材基本取自"后山"的菜地，没有农药、无虫害，真正的有机农作物。每次，大家都赞叹食堂菜好吃，"虽然品相一般，但每次我们都不由自主地光盘行动。"每逢节日，大伙儿更是以此为名，聚在一起，围着炉火吃着自己种的菜，吃饱了站起身来，一清嗓、一张手，载歌载舞起来。

"这里是一个敞开式交流的地方。远离世俗人群，你到这来得开上20公里的路程。人以群分，如果我们志同道合，我也不计较开上个来回几十公里的路去接你。有距离感，才能初步实现田园与都市的划分。"

现在，洪海波在碧鸡关开设了"云南微言堂国学院"，教授6至12岁的儿童国学教育，为了全方位地让孩子们感受国学的重要以及对自然的尊重，他特意请来农科院的专家带领着孩子们在碧鸡关的田地里亲自耕读。孩子们在田地里撒种、翻土、采摘果实并制作手工标本，身体力行地感受着"人终归泥土、终爱泥土"。同时国学院还

碧鸡关上的微言堂国学馆

云南微言堂国学院上课中

开办了"人人都是艺术家"绘画写生培训班，让身心俱疲的都市人能在田园风光中体悟简单生活的乐趣。

两年来的碧鸡关田园生活，洪海波有着自己身为诗人的敏感体验："我们戏称碧鸡关正好是都市与田园的分界线，向前一步是红尘，退后一步是净土。"他认为**田园与都市的生活是兼具浪漫主义情怀与儒家理性思想**。在他看来田园性代表的是一种精神自由、理想主义，而都市生活犹如古代城邦一样，由于空间上的收拢，生活中总是要有准则、秩序所引导。而只有在这样的不同状态的结合里、精神与物质的掺拌里，才能找寻更好的自己。

陶渊明与田园

说到陶渊明，洪海波有着"采菊东篱下，悠然见南山"以外的独特理解。"我想他首先是有一定的经济实力的，才能有气势地过上不为五斗米折腰的闲适生活。他拥有中国知识分子情怀，有追求但不想被世俗绑架。他用自己的三观支撑着自己的生活轨迹，去经历、去拥有。这样子的陶式生活方式可以揭示我们现代人去追求'现代陶渊明式'的生活方式：在财务实现一定自由的基础上，实现精神自由。至于累积多少的财富？多宽广的自由？那是因人而异的。因为，所有的一切说到底与外界无关，只与自己的内心有关。"

洪海波还提到了当代著名画家黄永玉的"万荷塘"。那是被业界称为京郊矗立的一件占地六亩的巨型艺术作品,不仅仅是单纯意义上的传统建筑结构盖起的大宅院或者画室。可黄永玉认为这是自己心系故乡湘西凤凰古城的表现,在他的一生当中多次出离中国,到老却更加怀念家乡与儿时的记忆。在这座中国古典园林设计的园子内,有荷花、果树、蔬菜,黄永玉在这里既有足够的空间创作大幅绘画作品,又能够远离都市的喧闹静心思考和写作。洪海波认为,这就是现代陶渊明的翻版。

最终,洪海波给田园的定义是:心目中栖居的、相对干净的、可以让身体放松、让心灵不浮动的地方。

写于 2016 年 5 月 16 日

(本文发表于《山水》2016 年夏季刊)

碧鸡关后山艺术区

陈榆秀：跳不尽的坚果圆舞曲

【坚果皇后】

王石在给《褚时健传》的序言《企业家的尊严》里提到："云南出了'坚果皇后'陈榆秀，从澳大利亚引进最先进的种植技术，产量直接影响国际市场……"

陈榆秀，被业界誉为"坚果皇后"，一个写入中国坚果发展史册的领军人物。25年里，坚果从澳洲引入云南经历萌芽、质疑、反对、放弃、再发展，唯一没有变过的是陈榆秀内心的信念：坚持下去就有结果。25年里，她让中国坚果从无到有、从每亩地收获100至200公斤不等到每年产值过亿；25年里，陈榆秀带领云南边疆少数民族超过50万民众种植澳洲坚果脱贫致富，打造"懒人摇钱树"。

中国澳洲坚果全产业链领军企业，云南云澳达坚果开发有限公司建有世界第一大澳洲坚果育苗基地、国内第一个标准化高效种植示范基地、省内第一个澳洲坚果出口加工厂。受临沧市人民政府委托，云南坚果行业协会会员陈榆秀争取到了2018年第八届国际澳洲坚果大会在临沧举办的主办权。

关于创业

出生于部队家庭的陈榆秀，自幼却酷爱体操，省队来当地选拔运动员最后挑中了两名，其中一名就是她，老师和教练都看中了她与生俱来果敢坚韧、吃苦耐劳的精神劲儿。但母亲不这样想，她对于把自己的女儿发展成一名运动员毫无兴趣，她希望陈榆秀读书成才。

放弃体操之后的陈榆秀个头儿迅速长高，并逐渐出落为亭亭玉立的美女子。明明可以靠颜值吃饭，她却选择了靠本事。凭借大学时期过硬的英语功底，陈榆秀进入云南省粮油食品进出口公司从事国际贸易工作。业余时间，她不忘儿时梦想，还当过一段时间的健美操教练。1992年，正当年的漂亮姑娘陈榆秀顺利完婚，公司委派热带园艺专业毕业的她动身前往西双版纳参与时任云南省副省长刘京领导倡导发展的坚果种植项目，她这一离开便是六年，其间在全省各适宜种植地区奔跑，与坚果结下深厚感情。如今，陈榆秀的办公室里还挂着当年她在果树面前为副省长刘京汇报项目进展的照片，面庞青涩，却是照片里十几个人中唯一的女性。

亭亭玉立的陈榆秀

　　1998年坚果项目搁浅，并持续停滞了四年。其间，陈榆秀调回昆明，也才有了时间照顾家庭，并在33岁时终于有了自己生命里的孩子。

　　2002年，在所有人都对坚果放弃希望、灰心意冷的时候，只有陈榆秀还坚信这就是一个聪明果、美丽果、长寿果：它的生长期是四至五年，却有70年的经济寿命，每年一收，可以养活三四代人；同时，坚果是四季常绿的高大乔木，其主根不发达的盘状根系，具有较好的生态效益！这时候，她还有幸结识了国际著名的澳洲坚果权威专家约翰·威尔基先生，其表示愿意提供技术管理、资金支持，再加上其他股东的加入，一家具有历史意义的中外合资企业——云南云澳达坚果开发有限公司在2003年面世了，陈榆秀任总经理。

云南云澳达坚果开发有限公司澳洲坚果种植基地

云澳达成立以来的十多年里，越是憧憬，越是风雨兼程。天有不测风云，罕见风灾将树全部吹倒；当地村民不支持，屡次砍倒她种下的果树；股东们开始担心收益……这些都不曾让陈榆秀退缩和放弃，她认为"坚持与沟通能解决很多问题"。她请教专家通过嫁接技术将自然灾害的危害降到最小，建立标准化高效种植示范基地；通过几年里不屈不挠地继续耕种，打动当地有话语权的"苗王"示范种植，进而带动更多村民了解并跟随种植坚果；深入地研究市场，做出口坚果的准确定位；安抚民心，带村民们共同致富。

年轻的陈榆秀是当时坚果项目里唯一的女性

回首这些，陈榆秀似乎总觉得冥冥中是什么力量在推动着她成为坚果的人间化身，她归结为时势、伯乐或者命运……其实，那张挂在办公室墙上二十年前的照片早已说明一切："**坚果的壳比较坚硬，要让它冲破这层壳，一定要有毅力和坚持不懈的追求，给它足够的沃土和营养，才能让它发芽、开花、结果。**"

陈榆秀认为在她的那个时代没有"创业"一说，如果一定要给时下的创业青年们一些经验，那么她认为：创业没有年龄与性别限制，但是你一定要认清自己，审时度势，选准方向，接下来便是义无返顾地去执行、去坚持。创业不是投机，需要实在的本领与正确的心态以及坚持不懈的执行力。

关于职场与女性

2012年陈榆秀应邀出席在澳大利亚布里斯班举行的"第六届国际澳洲坚果论坛"，并以有史以来第一位华人身份在论坛上作了流利的英语演讲。场上掌声雷鸣，大家在惊叹云南坚果产业发展的规模和速度的同时，还半开玩笑地说："她明明可以靠颜值吃饭，却凭实力成为了一位优秀的女企业管理者。"

陈榆秀认同一个女性一定要承担好女儿、妻子、母亲的神圣角色。同时，她也承认当下中国女性面临的两难处境：既要挣钱养家，又要相夫教子。但她更加肯定日新月异的当今社会也给予了女性们更多的可能性：不再被困于局中——当然要去结婚生

陈榆秀与女员工们

高原特色农业——澳洲坚果种植与加工生产基地

129

子，但不是只为了结婚生子；不惧于被称作"剩女"，也不灰心失望，而是在蓄势待发的路上实现自己的经济独立、有能力胜任之前确定的目标、做好当下，朝前看！

中央电视台来采访村民和员工时，他们面对镜头回忆着这位女老板："从没见过她哭！再难的时候，她就一人干下一瓶白酒。"可陈榆秀坦承，她欢迎她的女员工通过哭诉缓解紧张压力，但不是肆意撒娇，因为职场上管理情绪很重要。回忆自己的领导风格，她认为相比男性领导，女老板会有生理上的缺陷，但也会更细腻地观察到员工的需要。职场上的陈榆秀要求管理好自己的情绪，压力实在大的时候，她会走进几千亩的果园里看山间云起云落，大自然的壮阔让她的视野也变得开阔起来。

无论是面对男老板或者女老板，男员工或者女员工，陈榆秀认为性别不是排在第一位的，能力、人品甚至个人魅力才是职场中的不二法则。

关于人生抉择

陈榆秀与澳洲坚果权威专家约翰·威尔基先生

如果你和陈榆秀谈坚果，她可以谈上一千零一夜不乏味。如果人生可以重来，陈榆秀说她还是会选择与坚果生死与共。从年轻时的"坚果西施"到如今的"坚果皇后"，陈榆秀为坚果放弃了很多，这二十多年来，她从来没有沉浸在美容院、购物、惬意旅行当中，如果一定要数出一个爱好，那就是爬山，爬在坚果丛林里的山上。

至今，回忆起父亲的去世，她的眼神还是会忽然黯淡下来。父亲离开的时候，她还在坚果林里。在这样的遗憾中，她更坚定自己在未来妻母的角色中会做得更好，以更大的责任感、更多的包容心和胸怀、尽最大的能力做更多的事情。

前几天，17岁的儿子代表云南参加全国希望之星英语演讲比赛，从不抱怨的儿子向母亲提了唯一的要求，希望她陪伴着他去比赛。陈榆秀推开了所有工作陪伴儿子前去参赛，说到这里的时候，陈榆秀终于眉开眼笑了。

陈榆秀把坚果比做自己的孩子，在我看来，她就是坚果在人世的最好化身，坚果与她应该互称为"灵魂伴侣"，因为坚果映照的便是她本身：坚强的躯壳之下一颗跳动不止的柔软的心。

在中国"坚果皇后"陈榆秀看来，每个人的心境、处境不一样，每个人背后的沉淀、历史也不尽相同，不要去盲目地猛灌心灵鸡汤或者一味迷信成功学，当然生活中的很多规律都是相通的，那就是一点：做好当下，朝前看！根据自身特点，选择一条适合自己的路，无论路途险阻，坚持走下去就会有想要的结果。

写于 2016 年 6 月 20 日

冯应谦：跳出框框，寻找人生的可能性

【百变传媒院长】

　　冯应谦/Anthony，香港中文大学新闻学院院长。1998年获美国明尼苏达大学新闻与大众传播学院博士学位，其国际知名的主要学术贡献涉及下述三个领域：文化研究和流行文化、媒体全球化和文化产业。主要的学术著作有国际知名出版社 Routledge（劳特利奇）在2013年出版的《Asian Popular Culture: the Global（Dis）continuity》，新书《Global Capital, Local Culture: Transnational Media Corporations in China》（2008年在纽约出版）是目前唯一一本对中国所有主要的跨国媒体集团作出全面分析的学术著作。

Anthony研究亚洲地区的流行文化及电视研究，是学院派中的流行文化先锋，为自己设计各类新潮衣物，敢于在校长面前穿裙子；在香港，每周千里迢迢前往遥远距离的电台嗨翻全场做《大学站》DJ；一个六零后面孔嫩过八零后，随身还会携带粉饼、眉笔、防晒霜等一应俱全的化妆包的man（男人）！

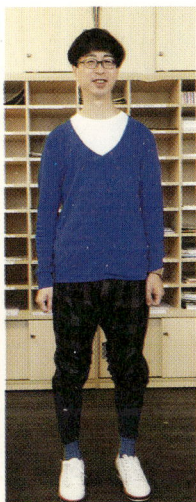

Anthony范儿

我们的访谈是即兴的，顺手从吧台扯了一页A4白纸就开始草拟大纲了。我们的访谈竟然是在一家音乐餐吧里进行的，因为吃饭前Anthony强烈提议："我不要再在小清新的地方吃饭，我要fashion（时尚）的！要人很多的！要吵吵嚷嚷的！"我心想这几天的学术教授们到底是用了多正规的礼遇接待他，以至于把他憋成了这样。

访谈在晚餐结束之后，那时舞台中心的性感女歌手正在高昂地唱着英文歌，我们几乎是喊叫着和对方一问一答，却过了很久才想起可以换桌到院子里安静地聊啊！来到院子才发现，这里俨然变成了欧洲杯的球迷呐喊赛场，真是无处可逃……可，这不就是Anthony要的烟火气息吗？更重要的是，我们在如此红尘滚滚的背景下，交谈甚好，至少我受益良多。尽管，总结时Anthony对着我耸耸肩："我们今天好像没有任何主题诶！"

一个不像院长的"非凡"院长

Anthony出任香港中文大学新闻学院院长的第一天便让全校人见识了他大名鼎鼎的"创新"。首先是他把学院每一层的教室之间的墙都推翻了，形成了每层一间的大通铺！院长解释得头头是道："首先是极大地扩展了实用空间，其次是没有了物理隔阂，师生们可以畅所欲言、增进沟通。"其次，院长下令新闻学院可以24小时让老师和学生进出工作，大家可以在里面剪片到天亮或者通宵学习、交流。没有人的情况下灯会自动关闭，很环保！此外，他还鼓励师生们自主开创形式多样的上课方式，不再拘泥于讲台、黑板、课桌椅。

院长自己本身却从2001年在北京开始坚持研究网络游戏、流行音乐等亚洲文化变化及其现象背后的思考研究。

研究也从一开始的默默无闻、孤身一人变成了15年以后香港政府都注意到了，并给了Anthony丰厚的研究基金。

对于走在时代前沿的流行文化的数十年学术研究，Anthony学以致用地总结了经验并决定一直身体力行地实践它："中国的产业发展不缺乏有生意头脑、聪明的商人，却流于形式缺乏创意。就像我们的教育系统逐渐商业化，去满足系统结构，却不再进步。但是只有允许'例外'出现，改变一些不同的文化，才能进步。你看，当年邓小平允许深圳先富起来，让所有人有目共睹这样的文化改变是可以带来进步的，所以才有了后面的市场经济。"

所以，你首先要允许各种观点存在，然后通过观察并体验，找出自己真正喜欢与不喜欢的，发现自己的兴趣并坚持，这才是应该有的人生态度。

《透视男教授》

据《香港商报》的解释，《透视男教授》并非一本透视男人的书，也不是一本潮流时装读本，它是以香港四位学者何建宗、周耀辉、陈锦荣和Anthony围绕男士西装、上衣、西裤、鞋袜、配饰、发型甚至内裤、香水等的各抒己见，并以此引申出不同的社会价值观。

《透视男教授》

Anthony则自己定义："是从文化的角度讲时尚、讲文化批评。比如男性也可以穿裙子的，为什么不呢？男人也可以被形容为'漂亮'！有一次，中文大学各个学院聚在一起开会，结束后一起合影，我就站在校长旁边。校长一转过身看见我，吓一跳！我穿了一条半身裙。不过马上他就会心地微笑表示认同。"

其实，《透视男教授》要表达的主要观点是挑战权威。Anthony直言不讳。"敢于做别人没有的，坚持己见，发挥创意。"有一次，Anthony照例要求出席一个正式会议，会议一如既往地要求大家正装出席，男士至少要穿西装。结果，Anthony惊艳全场——他穿了一件透明装，尽管裁剪、样式完全是西装的尺寸，可……可它的材质是透明的啊！Anthony敢于向死板的权威叫板，从experince（经验）里面提取value（价值）。

我问他对内地哪些更死板的习惯或传统看不惯的，他思索了许久后竟然给出了很温和的欣喜："那段时间，北京一直在强拆建筑，保留了多少世代的建筑啊！好可惜！拆得一点儿自己的特色都没有了。这时候，社会声音，特别是年轻人的声音响起来：'反对拆除！要求保留北京特色！'这些就是不同的声音，更好的声音，这让我觉得北京进步了。"

曾经的"叛逆"少年逆袭

当年，Anthony所在的中学出来的学生基本上都会选择官员、医生等看上去社会地位很高的大学专业就读。可Anthony偏偏宁愿做一头特立独行的猪，也不要当一只流水线上的鸭。

他常常游手好闲地逃课去爬山、郊游、夜不归宿，特别感谢当时父母的因材施教，没有用管教老实的Anthony弟弟的方式来教育他，而是让他自由行。在四处"尝试"后，Anthony发现自己喜欢当时在校刊总编的工作，特别感谢当时的班主任，他允许Anthony在学校里对自己的人生进行排序，自主管理课程时间与采访、排版时间。这些与媒体的亲密接触，让少年时的Anthony确定自己将来想成为的一定不是一个显赫的官员或者律师或者牙医。他要做媒体人。

Anthony义无返顾地在大学选择了传媒专业，并在课余期间兼职记者写采访报道。在20世纪80年代，Anthony已经是一个可以养活自己并留有积蓄的万元户了，这为他毕业之后直接前往美国攻读传媒相关专业的研究生提供了资金保障与研究经验。现在的Anthony带着海内外的

Anthony与作者

学习体验，是一位教授，并且是一个创新的教授，向学生们身体力行地传授着经典的"Experince—Value"。

如果你去香港中文大学新闻与传播学院，兴许有幸能看见学院一道靓丽的风景线：院长Anthony穿着他新设计的潮服，学生们欢呼雀跃地评论着并纷纷拿出手机捕捉这一焦点，时刻且马上分享在网络社交平台上。

我们的院长大人就是一个鲜活的媒介啊！

而读完他的你，是否也做好准备，去开创人生路上的无限可能性？

写于 2016 年 7 月 18 日

郭俊：不定义一切，不被一切定义

【水女人】

作为一名事业女性，郭俊不谈价格谈符号，她在红酒与普洱茶私人定制、品牌战略合作推广、互联网全网推广运营中将"价值体验"蕴藏其内，独有的商学审美确实别有洞天。

作为一名家庭女性，郭俊是美妻，是良母，也喜爱旅行、摄影、红酒、普洱茶、雪茄、烟斗、绘画、古琴……问她究其归属于哪一种？女主人公淡然微笑着说："人生是体验的，不会一个角色扮演到底。"

用碎片时间读完罗胖子的《成大事者不纠结》后，我时常留心周遭，再用里面的观点四处佐证。其中一直惦念的是曾国藩讲的"未来不迎，当时不杂，过往不恋"，身边几乎没人可以做得像说的如此轻巧。

可是遇到郭俊，我想，她已经很接近。

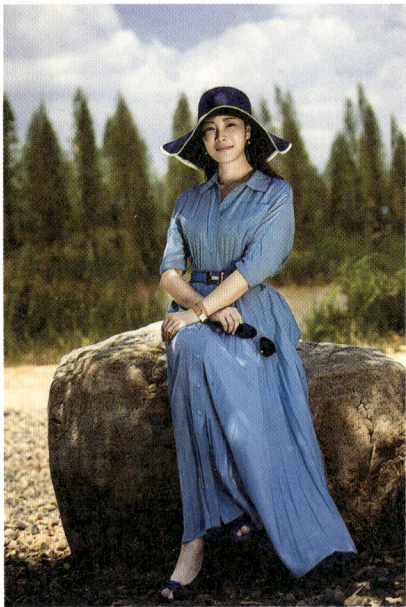

不是标新立异，而是与时俱进

2005年，郭俊成立了两家公司：昆明巨影文化传播有限公司和昆明大成雅尚商贸有限公司。公司经营当季最流行的普洱，也销售尚未成气候的红酒。员工抱怨红酒无人问津，表面上郭俊只是一意孤行地坚持着自己的兴趣爱好，可是到了2008年红酒潮忽然趋势上扬，她的公司获得茶与酒的双丰收。

郭俊认为，人生没有那么多五花八门的定义与规矩，她不赞同一定要给任何人与物讨个说法。相反的，她认为**重点应该是能够澄清每一个阶段的自己，不交叉干扰。**

"让自己勇敢地离开'舒适圈'，不被追求稳定生活的心态所禁锢。要提升专业，要有很好的自我认知能力，选择需要智慧，捕捉机会需要判断力……对于女性创业，也许没有男性的野心、裂变激烈，但女性的坚韧是滴水穿石的。我希望以成熟的态度坦然面对，做自己喜欢的事，让事业成就我的生活，而不是放弃生活来成就事业。不强求，不妄取，更多的是做好自己，心安理得，淡定地面对收获，积极和愉快地生活。更重要的是要学会享受整个过程，哪怕是痛苦的部分。"

在2014年神州专车刚刚落脚昆明时，郭俊就已经敏锐地嗅到"分享经济"将是不可抗拒也无法阻挡的社会车轮前进方向。她决定把公司的公车都卖了，所有工作出行改为使用网约车"神州"。她提出的公司用车改革她自己得先做表率，她的专职司机已经跟了公司好多年，是一位驾驶技术扎实、待人和蔼大方又吃苦耐劳的好员工，她语重心长地对自己的司机说："或者我把你介绍去更好的私人司机处，或者你选择公司其他合适的岗位，时代发生着改变，我们都要去适应！"在她看来互联网分享经济的到来，未来的工作趋势是公司引领工作，某些固定的雇佣工种会越来越少，很多工种将会和平台合作或着通过外包协议完成。

那时，神州专车还没有取得专业执照，偶有出租车司机围堵专车的新闻爆出，员工们见状非常担忧地向她汇报，大家觉得网约车一定撑不了多久。甚至还有行内同事听说她的此项管理决策后暗自玩笑郭俊会不会是神州股东。说到这里，郭俊笑得合不拢嘴，在她看来分享经济消耗过剩产能，节约环保，带来新的商业模式，消费者也获收益。她在众说纷纭中笃定地贯彻着自己的既定路线，不紧不慢。一年以后，神州不仅在全国合法化，更多的分享经济也已悄然风靡。

从始祖Airbnb到网约车再到平常生活娱乐，经济学家将分享经济定义为：人们通过分享，获取商品采购在数量上的最大化，实现商品议价能力的最大化。普华永道从行业上将其细分为四大类：房屋和餐饮、汽车和交通、零售和生活消费品、媒体和娱乐。分享经济正在以新的商业形态以极快的速度改造所有行业。

去年我也成为了Airbnb的会员之一，并在尼泊尔赈灾期间迎来了第一批客人——去灾区做义工途经昆明的美国人，他们顺道向我分享一线状况、救灾常识。在春节期间，由于买错机票，需要停留在华盛顿一个晚上，我第一次在美国使用了Airbnb，顺利入住一对刚刚从英国硕士毕业归来的印度籍夫妇家中，第二天夫妇俩还大方地将家里的车子无偿借我使用。

我们在有偿让渡使用权之间还延伸出附加收益。"分享经济"因此引来最为蹩脚的疑惑：屡试不爽是出于互联网信誉系统的伟大还是因为大多数人都不是骗子？

对此，郭俊斩钉截铁地判断："是信任。信任是这个数字平台得以经济转型的关键词。不尊重人性，最后都会失败。未来即使互联网当家说了算，也不能缺少线下人与人的连接。情感的联谊才是最有温度的，在事业中，它的收益不仅是带来产品，还可以产生情感、交流。"如是，追求利润最大化的确是商业的本质，但与此并肩不可或缺的、企业基业长青的根本，不是利益，而是遵循道法自然的规律。

今天，我们回望那时的郭俊，内心感慨这真是一个有胆识与勇气的女性。

"人生是来体验，不会一个角色演到底"

当今社会会赚钱的女性不少，会生活的女性不多，而郭俊既有眼前的繁忙也有诗和远方。热衷旅行的她，在全世界的好多地方都留下了美美的脚印。喜欢红酒，常约朋友到自己的私人酒窖品酒，交流分享。喜欢普洱茶，去茶山、茶园，和茶一样融入自然。与茶农围炉夜话，烧一壶山泉水，用最简单的冲泡方式，用最朴拙的茶碗喝茶，

郭俊与她的红酒

在她看来懂得和山水对话，才能和世人叙谈。

我问郭俊，你觉得自己像什么？

　　她很认真地思考并答复我：像水。上善若水，厚德载物。郭俊认同阴阳之说里把女人比喻为水，滋养万物。她认为无论男女，都应该扮演好自己的社会角色，懂得取舍、适度与平衡。她更喜欢自己在家里的角色，不刚强、很柔软。

　　当然这样的认知，也是在摸索的人生中渐渐习得。郭俊坦言，从青春期到为人妻母，她同大多数人一样经历过曲高和寡——"对自己有较高误判，认为各个方面都应该打到95分以上了，一股脑儿冲到终点发现连60分都没到"，过分谦卑——"否定自己的一切，转而全心向周

围学习，最后却束手束脚得无法付诸行动"。光环、压力、担忧、担当，一件一件经历之后，郭俊领会放下"我执"，转而知行合一。

郭俊说："当下只是当下，不代表过去，也不代表将来。只要适宜的时间、适宜的地点做适宜的事。人生是来体验的，不会一个角色演到底。有自己的坚持固然重要，还应当加上对自己定位以后的底线。比如每个年龄段对于家庭与外界的分隔是不一样的，一味地用豁达来欣然接受所有，到最后会成为负担。"

比如，传统习俗对母亲的角色定义中，过分强调"孩子的服务者"。郭俊却认为是孩子教会了自己做母亲。"我希望儿子热爱运动，发展更多的兴趣爱好，便拉着他去打网球、游泳、练钢琴、画画……但孩子并不乐意这些安排，装病、找借口不参加。现在回忆起来我很独裁，直到有一次我送孩子上兴趣课，隔壁孩子没上课就准备回家，一问才知道他的辅导老师临时生病了，我儿子用羡慕的眼睛目送那个孩子，然后问我：'我的老师为什么不生病？'他的老师刚进来，虽然是童言无忌，但把我弄得很尴尬，哭笑不得一时语塞。回来我经过认真思考，决定尊重孩子的选择，因为对抗是不起作用的，只有肯定他的自发性，然后疏导他，才有效果。"

聊得越多，我越觉得郭俊像一潭甘醇的清泉，她没有华丽的辞藻，也不陈述豪言壮语，却让对话者意犹未尽。而对于访谈当天我这样的评价，郭俊还是浅浅地笑着，不否定亦不肯定："今天的认识是这样的感觉，这样的表达，那就是今天最好最对的。"

写于 2016 年 9 月 18 日

144

Joe 和 Ellie：带给 Misss 柯的美国中部旅

【向死而生的旅程不辜负】

从美国回来以后的很多时间，我都提醒自己要做像Joe和Ellie一样温柔的人。

Joe的庞大家族

"西进运动"的入口

美国的东西海岸城市，比如纽约与旧金山，名符其实地成为了国际大都市，照顾所有五湖四海的口味，包罗万象，最终却失去了专属的独白。当然，这只是我的愚见。同样的高楼大厦、同样的车水马龙，当我走在第五大道上，根本分不清这是纽约？巴黎？伦敦？上海？东京？或者香港？那些我在电影里、小说上看到、读到的美国special（特质）通通缺席。

直到我从纽约一路向西，来到美国大陆本土的中心圣路易斯（St Louis）。

圣路易斯是美国密苏里州的东部大城市，位

圣路易斯拱门

于美国最长的密西西比河中游河畔，从地图上看它几乎就是美国的几何中心，在地理位置上具有重要的战略意义。美国历史上著名的西进运动（Westward Movement）便是把圣路易斯作为敲门砖开始的。在一个世纪由东往西挺进的过程中，美国把它的疆界从阿巴拉契亚山山脉和密西西比河向西推进了1500英里。

在客观上，当时美国西部存在着一片肥沃富饶、尚未开垦的辽阔的土地，这是美国西进运动的基本前提。在主观上，美国独立战争之后，获得了阿巴拉契亚山脉以西至密西西比河以东的大片土地，美国人民心目中形成了一种新的看法：新获得的土地是北美十三州人民共同用生命和财富换来的，因此这些土地应归人民所有，人民有权去开垦、种植和开发。

美国的西进运动是在自由市场经济和领土扩张的背景下，完成了美国东西部地区之间政治经济的一体化，促成了美国近代农业革命、工业革命和知识革命，培育了美国人民的拓荒精神，特别是美国在西部大开发中所体现出的不断寻找新的土地、新的财富的牛仔精神、开拓精神。

在圣路易斯的密西西比河河畔，可以看见政府建立的宽、高各为192米的美国最高纪念碑——一个拱门，名为Gateway Arch（圣路易斯拱门），以此纪念西进运动。但是更多的圣路易斯当地人强调它的负面："以极其残暴的方式屠杀印第安人，对于当地土著人来说这是一部血泪史。"拱门建立之初也遭到了许多纳税人的反对，认为它并没有任何实际意义。

信仰与多样性

在圣路易斯，我参加了当地一对土生土长的美国新人Joe和Ellie的婚礼，在美国人的家里身临其境地感受了正宗的美国味道。

新郎Joe对我说，由于只是西进运动的门，而非被改造的一部分，圣路易斯一直不如东西海岸发达。又由于地处幅员辽阔大陆的中心，圣路易斯受外来文化影响速度较慢，所以在美国中部还能感受几十年前的美国本土风情。

Joe的爸爸有2个兄弟、5个姐妹，大家几乎都在圣路易斯湖边上围湖而居。Joe的妈妈是芝加哥人，有3个姐妹、3个兄弟。婚礼这一周，身处世界各地的亲戚朋友们基本都来了，远到我这样中国的，小到才7个月大的男宝宝被身为妈妈、Joe的堂姐从西海岸洛杉矶也"空运"过来了。这让我觉得很不可思议——就为了参加一个表/堂兄的婚礼？

　　从纽约飞抵圣路易斯的晚上，我还在倒着时差，略有疲惫，却被Joe庞大家族的高度热情感染而无暇顾及睡眠。正如以往我们在国内听说的美国人和我们一样很注重家庭团结一样，打开Joe的父母家的大门，至少有三十个人已经在客厅里等待着传说中从遥远中国云南赶来的客人。他们在我晚饭后被Joe一一地介绍给我认识，无论老少都热忱地同我用中国式礼仪握手问候、找各种话题与我聊天，还问我："今年是中国的哪个生肖年份？"

　　我下意识地问Joe："明天的婚礼上你的亲戚会有多少人？"Joe像是会猜到我吃惊表情一样地笑起来说："200人左右。"随后把我带到客厅的一处角落，那面墙上挂满了各个时期Joe家族的大合照。

　　Facebook上面更多的美国朋友都用和伴侣、家人的合影作为头像，我与Joe讨论这个现象，他说这只是个人行为，但是显而易见的，两个同时看重家庭关系的人会更容易找到共同话题而更容易成为好朋友。同时，他还告诉我，**美国是一个melting pot（熔点），因为包容着所有的可能性，所以对任何事物都没有、也没必要有一个绝对的衡量标准**，比如他的父母从小便培养、尊重他的独立与决定。而这种多样性，也许就是美国特征，就是美国吸引外界的无法言说的原因所在。

　　Joe出生于一个殷实的中产家庭，爸爸经营着一家投资公司，妈妈作为一个贤妻良母操持着整个后方。他们待人落落大方，特别是爸爸，总是亲切又耐心地与大伙儿攀谈。Joe还有一个哥哥和一个姐姐，目前都把自己的生活经营得很好。Joe告诉我，父母从小就教育他们家庭、亲人的重要性，让他们懂得相亲相爱的可贵。

　　于是我似乎更能理解我在中国遇到的"落魄"的Joe。

147

那一年的Gap Year，他住在一栋老旧的loft（顶楼）里，以教授英语换取食宿，窗帘是用红塔山烟壳堆砌的，整个屋子唯一的家具是一张床垫。去中国是自己的决定，无须找父母埋单，量力而行、依靠自己的生活的确是最值得自豪的。只有亲身体验各式生活，才能够更好遇见自己满意的生活方式。

美国青年不被牵绊的爱

Joe在结婚前，便在父母与姐姐家的旁边通过贷款购置了一套占地1000平方米、价值人民币200万元的新房。不过相比起父母和姐姐的家，他家里朴素很多。

在家门口的墙上，钉着一张漫画，上面写着"这里是Joe和Ellie的家"。

Joe和Ellie在相亲网站上认识。美国的相亲网站不看重甚至故意忽略双方的家庭背景，很多到这些网站寻觅另一

Joe与Ellie的家门口

半的美国青年们更希望在以情感为单一主线的基调上，遇见让自己舒服的伴侣。

Joe说，他与Ellie第一次见面时就有强烈地要在一起一辈子的冲动。

在认识Joe之前，Ellie从未坐过飞机甚至从未离开过美国。在相识一周年的日子，Joe送给Ellie的礼物是带她去她向往已久的日本度假。因为Ellie曾经有一个日本邻居，向Ellie讲述很多日本的美好，让Ellie非常向往。于是，在飞往日本的飞机终于起飞的那一刻，Ellie放声哭起来，因为她实在太喜爱Joe的这份心意了。Joe在婚礼的晚宴上陈述这些时，竟然面对着所有人激动地流下眼泪，他说那一刻的Ellie是那么的纯真，是认识了Ellie才让他知道他想要的生活应该是什么样的。

Joe和Ellie来机场接我时让我很诧异，在一起一年半的两个人还像刚开始认识的彼此心动的小情侣，他们很有耐心地倾听着对方的言语，亲切地互相沟通。

Ellie是怎么样的一个女子？怎么说好呢，五官非常精致，像《指环王》里的精灵，同Joe站在一起对其他人讲话时，简直就是一对和蔼可亲的合体，他们温柔地、善解人意地、耐心地同他人交谈，让人很舒服。我无从知晓他们的温柔是互相习得，还是因得这个共同的特质而互相吸引走到一起，我只是记得Ellie小心翼翼地把亲手织好的围巾放到我面前时，用和Joe一模一样的神态对我说："Kenuo，这是我织的，希望你会喜欢。"

虔诚的基督徒婚礼
Joe和Ellie的婚礼在教堂按基督仪式进行。

Joe和Ellie的婚礼

　　婚礼前一夜，是新郎的单身告别派对。Joe与他的男伴们，十几个人围坐在爸爸家的客厅里喝啤酒至夜深。按照当地规矩，直到教堂婚礼开始，新郎与新娘才可以见面。

　　婚礼当天的清晨，新娘与伴娘团们早早就开始化妆、做发型、穿礼服。新娘在踏出家门前，须穿上一件黑色的外套遮住白色的婚纱，直到进入教堂的"女宾等待室"里才能脱下，否则不吉利。

　　婚礼中，身穿Ellie最喜欢的绿色伴礼服的六对伴郎伴娘、远道而来如我和其他完全不同风俗国家的客人，还有Joe和Ellie超过200人的亲人团都虔诚地在牧师的带领下见证了这对相敬如宾的新人的婚礼。

　　教堂对生死一直敞开，虔诚的教徒们在这里祝贺婚礼，新生的婴儿在这里受洗，安息的灵魂葬在院子里……一切都是这样的浑然天成。

晚宴被安排在一个出人意料的地方，一栋表面看上去破旧的如工厂一样的楼房，服务生带领着宾客们通过狭窄而蜿蜒的楼梯，到达第三层突然间视线就豁然开朗，一个很时尚、像蓝调酒吧的场所，房间中心是闪闪发光的舞台，潮流的乐队已经开始演奏，自助食物也依次被排成了一列。宾客被打乱顺序随机安排座次，每张桌子被冠以一个国家的名字。席间，新郎、伴郎、新娘的父亲依次发言，他们有时诙谐幽默、有时款款深情，全场的气氛都被带动起来了。就在这时，乐队突然奏起高昂的乐曲，许多人被推入

婚礼仪式

了舞池，大家像是换了模样，不再是教堂里的矜持绅士，竟都用舞蹈表达着自己内心的快乐。我远远地看见Joe的父母、Joe和Ellie是跳得最开心的！

在Joe和Ellie的相濡以沫里，我似乎更懂得了曾经写给自己的句子：向死而生的旅程不辜负。

写于 2016 年 11 月

（本文发表于《山水》杂志）

胡润：掷地有声的胡爷润语

【在中国的外国榜爷】

胡润，卢森堡人，"胡润财富排行榜"创始人。从29岁开始，这个纯粹的西方小子单枪匹马、无畏地撞开了几千年孔孟谦逊文化里忌讳"显山露水"的财富私域，甚至让中国人知晓了一个"财富排行榜"的概念。十多年坚持不懈的排行榜职业生涯里，胡润财富榜上的人、财富榜本身以及胡润本人几乎见证了中国经济社会最复杂的时代变迁缩影。我们透过他的缜密、归纳与分析数据来窥测中国财富发展现状。可是，这位财富排行榜之父，我们又了解多少呢？

平易近人的胡润

与网易以及胡润进行访谈直播的第二天，胡润就去了哀牢山看褚时健。早上收到他的信息：我要去玉溪了。我回：请一定转交米沃什的诗《礼物》作为礼物。他没有什么光环效应，不会把自己真当成一个角一样地端着。在直播前，他便告诉助理Porsha不要干涉我的采访思路，无论我有任何问题，他都可以应对自如。正如网友们在直播室里看到的，胡润在访谈里毫不忌讳地把皮鞋拿上了炕，镇定自若地把它们摆在了镜头下。大家调侃这是一场"有味道的直播"。

我与胡润的交集始于雷励，那是一个发起于英国的青年公益发展机构，它鼓励各个生命体征去勇敢探索与追求自己更宽、更广、更高的人生境界。

我们的对话便从雷励常用"发展三角"理论作为框架开始了：三角形的三个点分别代表自我认知、价值判断、行动。在英国等欧美国家，从幼儿时期开始，社会就非常关注作为人的个体的自我认知；不断更新的自我认知中将产生价值判断；价值观引发相应行为发生。三者相互影响、相互制约。

任何人亲眼见到的胡润都是更加阳光与积极的。这与他无忧无虑的童年生活分不开。胡润在卢森堡生活到11岁才移居英国。在此之前，作为一个天真无邪的小男生他被放养在青山绿水间，闲暇时便骑着马肆意驰骋，自由与积极是这个人生阶段他习得的最好收获。11岁，胡润来到英国，接受英国教育，在团队里学习协作与互助，这让他学习并知道了自律与合作的重要性。曾经年少时一度想参军入伍的胡润也在青春期的不断自我成长与自我认知的磨合中逐渐清晰了自己的人生发展规划。"那时我还不确定我一定要成为什么。但是我知道了军人不适合我，我就放弃了不适合我的道路的钻研。"

胡润与胡润排行榜

"因为我是学会计的，所以转而想到做财富榜单是自然而然的。当时在美国，排行榜已经有人在做了，欧洲很少，中国我是第一个。我们一般采用的是对外公布的、官方的数据作为样本，同时会对企业家个人有相对清楚的背景认识，包括他的成长环境、人生阅历、家庭成员等。"

胡润在中国的第一张榜单，是在1999年新中国成立五十周年之际，他从大数据里提炼出了财富排名前五十位的中国代表性人物。作为对中国的华诞献礼，这份榜单通过详实的数据、逻辑缜密的分析报道了五十位财富卓越的中国人，透过他们，更能看到的是五十年里中国各方面发展的日新月异。

这是一个不错的开始，同时也让执着的胡润专心致志地继续着"排行榜之父"的职业生涯。

目前，胡润百富是一家新型全媒体集团，旗下拥有媒体、公关与活动、调研与顾问咨询、金融投资四大板块。其媒体平台拥有擎、胡润马道、胡润国际名校、胡润百富四大品牌。胡润百富每年发布各式榜单，包括胡润百富榜、胡润全球富豪榜、胡润艺术榜、胡润慈善榜、胡润财富报告；每年定向举办数十场高端活动；走访数千位企业家，打造高端人群数据库。

胡润坦言，他们是通过与科研机构合作发布榜单、销售杂志与创办高端活动来形成自己的盈利模式。

同时，他也坦言，由于一些行业存在走私、违法经营等现象，一些企业家还存在着大量的隐性财富，而这些财富自然是无法在排行榜上得到体现。

不难发现，胡润排行榜上90%都是家族企业。家族企业由人构成，主要人物与家人的关系、超级财富创造者的生命故事、他们形成的价值体系对于关注人群的影响……这些要素都使"人"这个主体凸显出来。胡润对于每一个他所关注的企业家都是用心观察的，在微信公众账号里的"胡润说"有胡润不定期更新的自拍自述，通过对社会热门现象或者企业家的具体事件，胡润娓娓道来他的想法与观点。而我在字里行间中可以感受到胡润在发表观点前对事态的悉心观察、对事件聚焦人物的耐心揣摩与阐述观点时的简单明了。

胡润携手泛海集团董事长卢志强、玖龙纸业张茵、富华集团董事长陈丽华、华彬国际集团董事局主席、红牛集团董事局主席严彬博士为万达地产董事长王健林颁发"2013年度人物"

润语用心有声

面对快速发展的中国现状，我们自己的感受是还没来得及依次咀嚼，就被迅雷不及掩耳的讯息压得无法动弹。我们不断批判、不停分辨却又一筹莫展，最后我们自己变得焦虑不安了，因为无法确定行使哪一条准则以及如何行使。

在与胡润聊天的过程里，我却真实地感受着他的用心与喜悦。

我说，我要开始问一些尖锐的问题了。胡润爽朗一笑：没事儿的。

胡润为万达地产董事长王健林颁发"2013年度人物"

胡润与女首富陈丽华

我说："9月26日，《财经》杂志发表了一篇题为《中国贫富差距新特点：穷人太穷转为富人太富》的文章。文章认为富裕人群的子女通过继承父辈的财富依然保持富裕，而贫穷人群子女则因为教育不公平等因素而依然处于社会底层。您关注过除去超级财富创造者以外的人群吗，您关注过社会底层吗，他们的境况还能改变吗，他们需要被支持吗？"

胡润并没有直接回答我的问题，而是先同我谈起面向全国施行的九年制义务教育。他循循善诱地说着："你看这个教育制度至少说明一点，就是中国的绝大多数人都可以接受基础教育，而未来应该是靠自己去争取获得更多的。"

就像某一期的《财经郎眼》，郎咸平与主持人都在埋怨富二代们只知道吃喝玩乐，胡润却坦然地打断他们："我不这样悲观地认为，他们被接受了更好的文化教育，他们的父辈把他们送出去看世界，让他们的视野更加开

157

阔，将来他们也可以做得更好。"

我想，胡润不是盲目的乐天派，他只是懂得不让自己的视角变得狭窄，更高维度的认知意味着更沉着的应对。就如他贴在18层办公区上的话："我们的价值观：和而不同，合同共荣。"

访谈的最后，我借用了网友们在后台提问频率颇高的一个问题作为调侃："在你的榜单上名次越靠前，意味着缴税更多啊？"胡润笑笑说，曾经也有榜上的名人对他开玩笑说榜单就是在督促缴税！但胡润认为，短期看来大额缴税对于企业家是有压力，但长久看来企业家们的纳税是对这个国家的贡献之一，它有利于国家与人民一起发展。

最后，胡润透过访谈给到更为年轻的创业者们的寄语是：**要创新。更要争分夺秒。**因为我们正处在一个瞬息万变的时代，要抓住每一个可以创造的时机。

而我，也想附上寄语。借用直播当天服装支持的"绣云南"的话，送予珍惜的人：

一家店，可以不功利，但只要用心，就会发现幸福和收获比功利更重要；

一个人，可以不聪明，但只要用心，就会发现勇气和坚持比聪明更重要。

写于 2017 年 1 月 5 日

胡润与作者

段秋骏：我希望自己是一个 "情趣用品"

【解读"情趣用品"】

段秋骏说："我希望自己做好一个'情趣用品'，有情（情义、情怀），有趣、有用（价值），有品（品德、品位）。"

段秋骏，作为一名80后的创业者同时掌控着五家企业，含括装饰公司、家具公司、互联网家装平台、酒店及民宿全产业链服务机构。他同时担任云南省青年联合会委员、云南省青年创业协会副会长、云南省室内设计行业协会副会长、云港台青年交流促进会常务理事、云南大学创业导师。作为80后新知识新创业代表前进者之一，"他们集合了比前辈们更加全面的知识，拥有更为开阔的视野和与他们年龄并不相符的娴熟操作能力。从他们身上，你不知道是否该去诅咒还是赞美这个时代。因为这让后生们不再天真稚嫩，而是可敬可畏！"（张劼——资深金融人士语）

持续创业者的"失败学"

《这些年我成功开垮的公司们》是段秋骏在ELF巨幕演说家的演讲题目。段秋骏诙谐幽默地自嘲说："不开垮几个公司，都不好意思说自己创过业。"他如数家珍，仔细叨叨着自己从学生时代卖服装、被褥，开淘宝店、蔬菜配送公司，毕业后进军装修行业创立自己的品牌、开设计公司等过往经历；也讲述了期间他曾经尝试跨行业开红酒庄、办农业公司、经营会所等项目的失败史，当时不到30岁的段秋骏就因为过度操劳还患上一身的老年病。回顾这段历程，他向台下的观众们总结着他的"失败学"："错误不叫失败，不敢试错才是最大的失败，你只有去尝试才能发现和获得宝贵的经验，才能看见自己的短板，找到自己的定位。明白专注和专业的重要性。他说，"看似迷茫和往复的创业之路其实是一个不断螺旋上升的过程，只要我们不断地正视和解决成长过程中的每一个困难，过几年回过头来看，我们将会变得越来越强大。"

庆幸的是，段秋骏虽然经历了诸多跨界尝试的失败，但装修这一主业从未放

段秋骏在自己创业十周年时，为自己设计定制的雕塑

松，数年磨一剑，业绩稳步攀升。得失之间，段秋骏始终保持着创业者最宝贵的乐观心态，于己于人，皆有裨益。

分享的快乐

段秋骏是九型人格中的二号助人型。这样的性格特质为段秋骏长成的今天埋下了深深的伏笔。

段秋骏大二开始创业，他把第一次做服装生意赚来的80多件衣服送给了同学们。他的第一桶金，来自大学期间新生开学的报到日，他竟然发动了500多名大学生参与他的被褥销售，覆盖6个高校校区，两天便获得了近10万元的利润。而这些钱，他没有独吞，竟然是和同学、朋友们一道"花光了"！

假设这次活动的发起人是一位高冷的帅咖，也许他的不善言辞无法让他迅速联合数百名同学参与其中；假如是一个激情澎湃的演说者，也许他在耗尽热情之后无法冷静地分析市场并正确选择营销策略；再或者这是位葛朗台式的老板，他是无法容忍将一半甚至全部获利拿出来与所有人分享。

而这里的召集人段秋骏，有着温厚的外表、几乎不与人红脸的性格以及坚定不移的内心，这对于俘获绝大多数"民心"是极为有效的。

从此，段秋骏一发不可收拾。他在学校创办蔬菜配送公司和职场培训机构，帮助大学生在进入社会之前获得了创业实战体验；他在学府路开了一家酒吧，留意朋友们的各类需求，并为他们牵线搭桥，在他的酒吧，大家见证了很多有历史意义的时刻；在他的聚恒装饰弥勒分公司开业典礼上，他拒绝大家送他红包，而是发起了一场为贫困山区的东山小学举行的募捐。前不久，他还在会所里举行了一次豹纹主题派对，对参加活动的嘉宾唯一要求是带上一件自己的私人物品进行爱心义卖，所获款项全部捐给了青少年发展基金会。

"人与人之间的情感维系如果用存款来比喻，帮助别人算存款、寻求帮助算取款的话：多存多取，流水大；多存少取，余额多；少存多取，会破产。" 段秋骏这样比喻。而我认为他应该属于前两种。

在扮演二号助人者的十几年体验中，经历过助人的喜悦，也承受过误会和委

分享是段秋骏生活的一部分

屈，他也有了更多的体会："我的帮助也是有选择的，我不期待我所帮助的人回报我，但是他必须是一个有品德和懂得感恩的人。"段秋骏同样也要求自己做一个有品德的人，作为云南省青年联合会的委员，他除了与其他委员一同联合多个行业募集爱心基金外，还不定期到贫困山区及其他需要帮助的地方举行公益活动，为更多的青年树立了榜样。

多维度整合发展

乐观的心态和分享精神，给创业路上的段秋骏灌注了源源不断的热情和动力。

三年前，意在统合各行业、各领域的顶尖机构和从业者，搭建资本和知本的互通平台——U1会（United No.1，

to be No.1）启动。三年来，段秋骏的跨界资源整合之路从广泛到聚焦，从构想到实施，不断落地生根。而今，精准聚焦时代动向、更大深度的资源整合、更多专业协同的合作组织正在成型：他基于自己从事装饰行业多年的积淀，找出了自己在行业里发展的新脉络，他成立了一家针对精品酒店和民宿，向其提供策划咨询、规划设计、建筑装修、家具软装、运营管理等全产业链一体化服务的机构——优壹文旅。

在优壹文旅办公室入口玄关墙上，悬挂着一个他自己设计的点线面的艺术装置来代表他的商业模式。段秋骏解释，他聚合了各专业领域内卓越的策划公司、设计机构、文化艺术机构、酒店管理公司……在与客户进行专业的沟通诊断，明确具体诉求后，再组合出最匹配客户需求的专业团队为客户提供一体化服务，这样既减少了客户在复杂繁琐的项目筹建阶段面对众多服务机构时的选择风险，也节省了客户的时间成本和资金投入。这

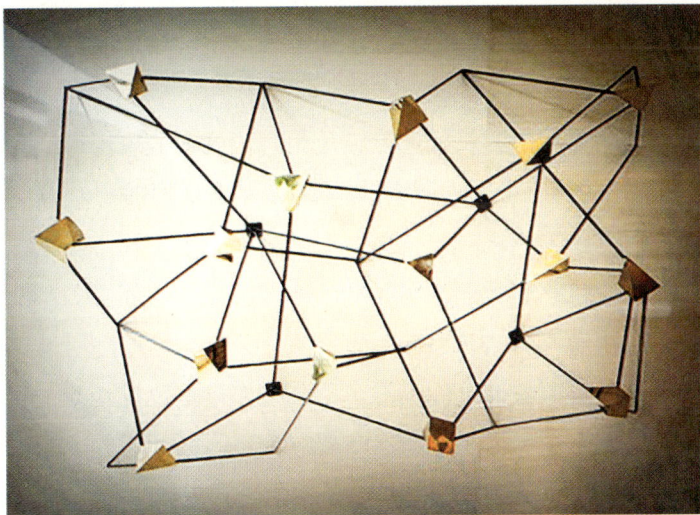

整合营销运营模式图

其中，他们的角色是顾问、经纪人，还是合伙人都不重要，重要的是他将自己身边看似单一点对点的脉络进行了多维度的整合，创造出无限种可能性。对于这样的资源整合，段秋骏说："我的出发点是为客户和每一个参与者创造更大的价值"。

乡旅文创在路上

"优壹文旅的发展方向已经越发清晰起来，就是以精品酒店与民宿为切入点，逐渐向特色小镇、森林庄园、田园综合体等文旅项目延伸，成为乡旅文创项目的全产业链服务商。" 谈起接下来的计划，段秋骏这样说。

我想这真是一个难度不小的计划，毕竟云南甚至全国还没有一家公司提出要做乡旅文创项目的全产业链服务商，因为这是一个系统工程，涉及策划咨询、规划设计、建设装修、整合推广、运营管理几大类专业，其中的专业细分更是错综复杂，一家公司如何做得到？对此，段秋骏倒是踌躇满志："我们从成立U1会开始，探索沉淀这样的模式三年多，我们充分运用了长板理论，聚合了一群各个专业的精英团队。"

段秋骏所说的长板理论，是相对于著名的短板理论而言的—— 一个木桶能装多少水，取决于最短的一块板。他认为，在工业化时代，这个理论的确非常有效，但是在互联网时代，这个理论实际早已破产。今天的公司实在没有必要精通一切，如果在人力资源上欠缺，可以聘用猎头或者人力资源咨询机构；市场、公关如果是短板，有大量的优秀广告和宣传公司为你度身定做；同样的还有法律服务、战略咨询、员工心理服务……

"优壹文旅需要的是许多个有一块足够长的长板的专

家，以及一个有能力把长板捆成'完整的桶'的机制和管理者，这样的高效合作机制将在市场上体现出极大的竞争力"段秋骏说。

体验主义者

段秋骏认为："世界是被上帝安排好的，而我们每一个个体所需要做的只是体验其中酸甜苦辣的过程，最终沉淀成快乐，再把快乐传递给身边的人。"

除了有品德，段秋骏还要求在不断的体验中成就自己的"品位"。

段秋骏是一个"酒店控"，"我热爱酒店，它集人文、艺术、故事和历史于一身；它结集享乐、奢华、精致、社交于一体……热爱生活的人，都热爱世间美好，酒店就是其一。不断去入住各种有意思的酒店，一方面是为了体验美好，另一方面也是为了从用户的角度去体验，去倒推整个酒店筹建过程中应该注意的细节，帮助准备投资酒店的客户提高用户体验度和产品竞争力。"

段秋骏说自己是个理想主义者，不断追求事业的商业及社会价值，提升生活的品质和品位将使他的人生体验更有意义。借助某品牌"阅繁华，悦自然"的广告语，他期待自己未来能成为一个有游历世界经历和丰富的人生体验，有故事却不世故，坚强、宽厚、温暖的男人。

文末，我在这里祝福他的同时，也想提醒正在阅读的你，如果身边出现了这样的"情趣用品"请一定不要错过"使用"！

写于 2017 年 3 月

包朝阳：法兰西文学艺术骑士勋章 受勋者的跨界之路

【骑士勋章】

"骑士勋章"是法国的一种荣誉勋章，由拿破仑创立，原来主要用于在战争中立下功勋的法国公民。骑士们兼备谦卑、荣誉、牺牲、英勇、怜悯、诚实、公正、虔灵八种美德。如今，法国文化与交流部通过授予此勋章以奖励那些在文学艺术领域有所创新者或为在世界范围内宣传法国文化做出突出贡献者。

在中国，获得此勋章的除去耳熟能详的李安、周迅、梁朝伟，还有远在云贵高原享有春城美誉的昆明市昆明剧院总经理包朝阳。法国驻成都总领事鲁索先生在当年的授勋仪式上发表了如下授辞："正是包朝阳院长的带领，昆明剧院成为了中国西南地区第一个参与中法文化交流的合作伙伴……包朝阳先生甚至可以说在中国西南地区文化艺术领域都起着至关重要的作用……严肃一点来讲，包朝阳先生并不会讲法文，但这也正说明为法国文化做出巨大的贡献并不一定要通过法语来实现。"

中国与法国，骑士与云南，跨界与独一，在包朝阳只争朝夕的无缝连接里融合完美。功德至上的秘诀在哪里？包朝阳说，流行趋势是表象，内涵本质是不变——那便是坚持自己所爱。

"动脑筋"做极致

2004年昆明剧院刚开业，这位总经理就在全国演艺市场上定调了剧院的高姿态：作为剧院"开锣"的第一枪，包朝阳邀请国家戏剧演员陈佩斯出演其喜剧代表作《阳台》。这部反映社会现实的经典结构喜剧带出剧院"喜气洋洋"的开端。

早期，包朝阳在剧院发起每周一场音乐会，让市民朋友走进、熟悉高雅艺术。同时，他也一直"动脑筋"、不停歇地琢磨着如何带动观众和演出面向国际化。

号称舞蹈百科全书的舞剧《燃烧地板》以其囊括136个世界冠军称号、汇聚300年舞蹈精髓及耗资1000万美元的打造在全球范围内创下了巡演票房奇迹的舞蹈巅峰之作。来自中国以及全世界的观众都被热情洋溢几乎致使地板燃烧起来的舞蹈与音乐感染得忍不住想跳起来。

2009年，《燃烧地板》的全球纪念版于当年夏季拉开序幕再次来到中国。包朝阳一听说这个消息，就立即前往上海与该剧负责人联系，回昆明与政府和企业谈判，希望

参加美国西部联盟会议

在昆明进行演出。

《燃烧地板》被称为"梦之队"终极集合演出，优雅的华尔兹，激情的恰恰、桑巴，充满异国情调的伦巴、爵士，摇摆、热情的佛拉明戈，清新飘渺的踢踏舞等国外各类风格的舞蹈都穿插其中。从编导到演员都是不同舞种不同国度的世界冠军们的豪华组合，负担这些冠军们从全世界各地飞往昆明并在昆明适应当地环境、编排训练一周后直至演出结束的所有费用真是一个天文数字。包朝阳从小"做出极致"的那股劲儿又上来了，他坚持与三方会谈，他告诉剧组他的诚意以及他将联合多个城市兄弟单位共同推进中国与多国文化交融，他以树立城市文化生活为导向坚持不懈向政府申请扶持资金，他与企业并肩作战制定市场运作最佳方案。最终，2009年《燃烧地板》的全球纪念版在昆明进行了中国的首演。

2010年，昆明剧院在昆明中法文化周期间上演了数场来自法国的演出和音乐会，无论是莫迪格里阿尼四重奏还是新马戏IETO的演出都是座无虚席。

从此，来自美国、法国、英国、比利时、西班牙、德国、阿根廷等各国的政府与艺术机构都热忱主动地愿意与这家自负盈亏的国有企业共同合作，引进交响乐团、童声合唱团、舞蹈、话剧等原班配置的经典音乐盛典，真正做到与北上广同步《卡门》《天鹅湖》《大河之舞》等世界级剧目。

2017年，剧院开办"戏曲展演年"，带来15部、10个剧种的戏曲作品，引领大众尤其是青年朋友回归中国传统文化。

目前，昆明剧院占云南省年均80%的演出率与70%的上座率，已成为云南省演出表演的中枢，演出品质与数量居榜首，是云南高雅艺术的一张名片。

未来，包朝阳将把外宾、政府、企业和其他外界对他"动脑筋"做极致的褒奖进行下去，通过剧院不断填补云南演出的空白，无形中提升云南艺术素质与文化品质。

春城骑士的七十二变

作为国家职业经理人与演艺经纪人，包朝阳在泛艺术领域里担当着不同的职责。他同时是中国演艺界西部联盟主席、中国演出行业协会常务理事、世界华人合唱艺术联合会总会文化部交流主任、昆明美术家协会主席、昆明风景画学会主席、云南艺术学院客座教授。

在昆明，国际重量级美术展追溯更早的就是1983年挪威表现主义画家Edvard Munch在昆明的美术展，从此便一直荒漠。

2015年，作为昆明风景画学会主席的包朝阳带领大家成功向法国政府申请资助费用，在昆明市博物馆展出世界最顶尖艺术作品"欧洲先锋派·恩特林登博物馆20世纪藏品鉴赏展"。它同时是近百年来昆明引进的规模最大、最具学术研究价值的西方现代艺术展览。而公益性门票低至20元。

上海国际艺术节演出交易会

2016年，协会再次得到中法两国政府支持，举办继2015至2016年在巴黎蓬皮杜艺术中心、马德里索非亚王后国家艺术中心以及伦敦泰特现代艺术馆等地举办过的第三世界美学大师、著名法籍古巴华裔艺术家林飞龙作品回顾展之后的首次中国巡展。

169

该展览仅在北京中华世纪坛艺术馆、广州广东美术馆和昆明文林美术馆三地举办。

如果我们把时间以24小时来考量，白领是朝九晚五之分，厨师是火候开关之间，医生是医院病患之隔，家庭主妇是家门里外之中……而包朝阳是开了挂的骑士，只争朝夕。

大学时期，作为美术系艺术设计专业学生，包朝阳是音乐系四年里雷打不动的唯一系外旁听生。他说就是热爱舞台艺术，对天籁之音尤其有好感。

人生第一份工作是进入电影公司担任电影海报手绘者，主职之余，包朝阳只用了一周时间就胜任了让大多数同事闻风丧胆的繁琐且容易贴钱的售票工作。电影结束，包朝阳与保洁员们一起打扫干净影厅甚至男女洗手间。保洁阿姨疑惑："你干嘛来扫厕所？"他憨厚地笑道："有做好小事的能力很重要。"从此，电影院各项职责他都了如指掌。

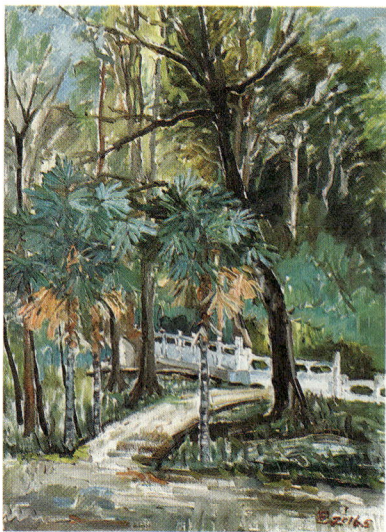
包朝阳油画作品

自上海市政府第一次举办上海国际艺术节开始，包朝阳每年飞抵上海，参与其中的一个重量级板块"上海国际演出交易会"，从一开始的观众演变成论坛嘉宾再然后成了评委。

每年跑遍全球，聆听与观看各处的音乐会、戏剧、舞台艺术。台上结束了，台下他还在耐心等候，悉心与艺术家们探讨交流，回家后还会继续查阅资料做功课考证自己的所思所想。

胸有惊雷，面若平湖。我想此刻这样形容包朝阳很适合。在他看似憨厚的微笑之后，是爆发力满棚的大宇宙，人生路上允诺过的每一个部分他都不曾懈怠。他用他的深厚专业素质、极大的热情饱满从未停止学习，不断提升与认可自己的审美能力。

可写意可实干

深夜和节假日，包朝阳才有时间走进自己的工作室或在陪同家人出游时，拿起画笔画油画。包朝阳说那是表达自己的时间，看过的风景在心里，通过笔端写意独我的理念于画面。他说自己始终记得他是一个画者出身。

包朝阳喜爱两个画派，法国印象派与俄罗斯巡回展览画派。他从十月革命孕育的俄国批判现实主义作品里吸取作画技巧，从印象派的个人视觉原著里提炼自己的感悟再创作。

身为美术协会主席的他希望自己保持美术专业管理与创作的状态。同时，他也更感谢自己的多重身份让他奔跑于各种展演与研讨之中开拓了审美视野与艺术格局，虽然画画频率不高，但每次抬起笔总能在"画什么"的境界里恣意驰骋。

作为一名管理者的他，评价自己也可以用憨厚、勤奋、热情、具备专业知识且用审美角度去胜任。在剧院里，他让员工成为主人。一项工作的开始不是始于机械的任务分配，他会让项目执行者们去看剧、了解这一期的舞台艺术、探索寓意，大家对工作给予理解与认可后更能精力充沛地投入其中。包朝阳严格把控剧院经营，费用按三块分列，1/3追加投资，扩大品牌知名度并让更多青少年等观众寓教于乐；

1/3是收益与成本持平；最后1/3是利润演出。

　　每年，其他省份、城市的兄弟单位及企业诚挚邀请他去分享文化艺术管理或剧院营销管理的经验谈。2016年，在纽约举行的世界演艺经纪人大会上，包朝阳作为发言的三位中国嘉宾之一阐述了自己如何在艺术者与艺术管理者之间切换自如。

　　剧院等高雅艺术还是小众的，很多时候独特个性的艺术成像的确与滚滚红尘的喧扰大相径庭。不过，细致入微的你我在生活的旮旮旯旯里还是可以切身体会到艺术引领生活的凭据。

　　在这趟雅俗共融的生活里，这位跨界的艺术骑士将继续以"做到极致"的生活态度亲身亲历并带领更多人收获美好与幸福。

写于 2017 年 4 月

包朝阳在乡村写生

杨杰：没有"标签"的标签王

【老倌是品牌建设及推广专家】

　　杨杰是一个广告老顽童，熟知他的朋友都笑称他为"品牌老中医"，因为他总能一针见血地找到品牌在自身建设与市场推广中的问题点和机会点，并快速对症下药给出精妙的"鬼点子"。二十几年的职业磨练，在伴随着各种客户一起成长的专业历程中，杨杰总结出了自己的全套专业理论与执行体系：品牌是面旗：号召力。市场是战场：竞争性。定位是个胃：适宜度。产品是出戏：变化性。包装是个妓：关注力。标志是图腾：象征性。CIS是法律：标准力。运营是盘棋：统筹性。营销是管理：价值性。销售是战斗：即时性。渠道是生意：利益性。终端是临门：即得性。客服是衣服：管理性。广告是个局：客观性。策划是个体：系统性。创意是个屁：影响力。设计是个计：导向性。媒介是个陷：准确性。网络是空气：全面性。电商是调戏：选择性。他从二十个维度全面理论化了自己的专业范畴，并留下"狠话"：读懂了就入行了，玩通了就大师了。

173

作为一枚无印良品，杨杰认为他一直在给企业品牌贴标签，自己却没有标签。其实在江湖上他的专业实力和个人品德早已被大家贴上了属于他独有的个人品牌身份标签，这从大家对他的称谓就可一目了然。他的客户多尊称他为杨老师，从不把他当乙方看待而是敬为师者，这让很多不明就里的人不能理解这些大老板们干嘛称这样一个矮小瘦弱留着大辫子的人为老师；他是业界小辈们的杨叔叔，这是小辈们对他的行业辈分的尊重；也让很多新认识的人不能理解这称谓从何而来：他是朋友们的杨老倌，大家称老倌仗义、和蔼还亲切。

《道德经》第四十三章讲："天下之至柔，驰骋天下之至坚。"至柔的力量了无形迹却力透坚强。在我与杨杰的相处里，除了才华与坚持，我还看见了他身上的柔软与传承。果真，在我们聊天的最后，他自然地谈起未来的构思："喜欢和小朋友待一起，他们好像也喜欢听我说话。不久的将来希望回到学校去、教授学生知识，用上这几十年的实战经验。老师应该是身经百战才称得上真正的老师。"

2015.1.7.巴黎

公益海报作品

为图腾贴上标签

通才教育的主要倡导者、英国牛津大学教育家纽曼早在19世纪时就提出，擅长从别人身上学到东西，也就是跟人打交道时的互相学习至关重要。

也许母亲是老师的缘故，比起同龄人，杨杰从小更擅长细致观察与思考总结身边发生的人与事。如今，杨杰认为自己身上还不错的品质是善于留心从别人身上或与外界打交道时获得新知。

刚从大学工艺美术专业毕业、参加广告设计工作时，杨杰已经比其他只会单一技能的设计师体现出了更具竞争力的能力：他可以独挑策划、文案、创意及设计一体的方向上、方法上、表达上的全面整合。他把专业人员的职业生涯分为三个阶段：第一个十年专注于专业技术，要成为行业专家；第二个十年要提升理论思想，成为专业管理者；第三个十年要整合资源搭建平台，成为专业运营者。

为此，在2000年，已在昆明广告界打拼了六年的杨杰毅然辞去昆明风驰传媒有限公司品牌设计总监的职务，

公益海报作品

前往深圳工作了四年，学习当时全国品牌策划及营销之道最好城市的经验，以完善第一个十年的专业积累与修炼。2003年杨杰在昆明举办个人的"公益广告海报展"，引发相关部门及业界高度关注。2004年他回归云南担任昆明风驰传媒副总经理兼创意群总监，以此奠定了他在云南的广告老倌地位与基础。

在杨杰二十多年的广告人生涯中，他全面涉足各个行业的品牌建设与推广，包括政府、国企、会展、旅游、医药、烟草、快消、机械、化工、汽车等，陪伴云南企业一起成长，许多企业已成长为云南各行业的龙头品牌，如滇红、云南红、

公益海报作品

珍茗金龙、一心堂、华美美莱、圣爱中医、金伦图文、十四冶等。同时杨杰在十余年的时间里还长期跟进云南烟草行业的品牌服务，从烟草行业战国时代的昆明卷烟厂、昭通卷烟厂、曲靖卷烟厂、会泽卷烟厂、玉溪卷烟厂、红河卷烟厂、楚雄卷烟厂、大理卷烟厂一直到三红鼎立的时代，真正做到了在一个行业里的专业深耕。

三识三度

从工艺美术学生出身到发展成为今天的品牌整合建设专家，杨杰在产品、运营、渠道、营销、广告的全系统建设中以及自己的生活经验里提取了"三识"和"三度"的致胜法宝与大家分享。

"三识"：

专业知识——通过看书、学习以及研究，去掌握自己职业所需的专业知识与技能，在这一方面成为专才；

生活常识——在平常生活里多留一个心眼观察与探究散落于各个层面里最基本的生活常识，它可以是社会人文、艺术生活、自然历史等，这些都是你的灵感来源，在这一方面成为通才；

商业意识——简单了说是对商业规律与市场行为的敏感度，能不能快速发现市场的机会点和与客户产品的对接点，在这一方面成为鬼才。

"三度"：

政治高度——符合政治经济需求的高度；

行业深度——体现行业身份的专业深度；

社会广度——能够被大众接受的广泛度。

怀揣了以上"三识三度"以后，杨杰还赠予正行走在专业道路上的职人们深知灼见："**苦了五年可以混得存在的资格；拼了十年可以获得立足的资历；熬了十五年可以整合发展的资源；坚持二十年可以拥有决定的资本。这就是你在一个行业里可以成就的所谓专业履历。**"

杨芋土豆马铃薯

杨杰是一个地道的广告人。为了不让自己的文案水准下降，他经常私下编写一些小文字练手，一不小心成了一个段子手；为了搜罗工作原创资料，他用相机四处拍摄各种素材，一不留意竟收录了上千张漂亮的彩云图片、大地图片以及主题摄影作品，被大家戏称为"摄云师"，这也算是他无心插柳获得的另外一个标签。他总是能将生活里各处发现的小角落、小细节用图片和文字排列组合展现出缤纷的奇思妙想，就像他的微信名：杨芋土豆马铃薯。

　　杨杰认为文字是要传达逻辑思维，图像可以表达感性思维。去年他在微信朋友圈坚持365天里每天发送了"一天一日，一日一月，一月一云，一云一机"的图文并茂，引来围观以外，还因此形成了一定的朋友圈秩序。今年在朋友圈投票结果下选出了新的图文主题"苍茫大地"。杨杰还特意在朋友圈抒发了以下感慨："一年前在小伙伴的建议下贸贸然开始了这一年度倒计数，从一天一日到一日一云一机到一日一云一机一月的内容升级，365天终于实现全程完成任务。其间得到小伙伴们的大力支持与鼓励，有小伙伴全场留存老倌图片，有小伙伴以此为每天打卡记录，有小伙伴一天晚见发布即追踪提醒，有小伙伴以此给老倌贴上了新的识别身份标签，有小伙伴早早开始倒计时预约聚餐举杯，种种激励鞭策促进老倌完成使命，在此由衷表示感谢。于此有感，一点点坚持于己于事是必须，于人于心则是偶得之必然福返……"

　　我建议杨杰可以将他的朋友圈语录完全摘录出版成册，用词妙语连珠、组句回味无穷。

公益海报作品

摘抄几句如下：

1. 创业，是创自己的事业，而不是非要创自己的企业。

2. 以自我为中心的结果就是原地绕圈。

3. 从后视镜往回看，是为了往前走。

4. 稀里糊涂胜过一知半解。

5. 做事五重境界：补拙、勤奋、小巧、用智、通灵。

6. 没有弱势群体，只有弱视群体。

7. 别人认识你的第一眼不是外貌而是礼貌。

8. 跟着流行走，你就流于形式了。

9. 外行冒充内行，是一门技术，需要的是胆力；内行伪装外行，是一门艺术，需要的是魅力。

10. 众筹、众凑、众愁、众仇。

11. 广告语要横批不要对联。

12. 形式服从于内容，表现服从于表达。

写于 2017 年 4 月

杨牧仁：“值得信赖”是我们最大的财富和价值

【一个值得信赖的珠宝玉石行业良心品牌】

杨牧仁，翡翠王朝创始人，云南珠宝行业协会常务副会长，云南互联网行业协会副会长，中国珠宝玉石＋互联网行业的先行者与开拓者，80后创业企业家的杰出代表。曾获评“2013年云南商界青年领袖”“2014年云南十大新闻人物”“首届德宏‘励志创业回馈社会’十大杰出企业家”等称号。

“翡翠王朝”自2008年创办以来，为华人地区20多万珠宝玉石收藏者和消费者提供过服务。公司总部位于云南昆明，在云南瑞丽，广东深圳、广州、平洲、四会，四川西昌、绵阳，江苏苏州，河南郑州设有分公司和办事处。曾获得“云南省2016年度良心品牌”、“云南省十佳企业”、云南省“青年文明号”、“云南电商价值榜”等荣誉。

美玉传承

《说文解字》里，称玉为"石之美者"，其硬度高，天然色泽不易改变，经济价值为他物所不及，可谓是"美玉可遇而不可求，可一不可再"。

杨牧仁出生的村庄，曾经途经茶马古道，小时候听大人讲述的马帮传说里，玉常常被提起。那时，杨牧仁随小伙伴们常常跑到山谷里找各式好看的小石子，打磨以后穿根绳儿挂脖子上，想象着它要是马帮传说里的璞玉该多好啊！从那时起，玉被冠以"神圣、珍奇"长长久久地住进了杨牧仁的心里。

长大后，杨牧仁离开家乡去外地求学，凭借自己的写作爱好以及敏锐的互联网嗅觉，大学时期就依托互联网开始创业，但真正和玉石相遇，很偶然。

2008年，一次杨牧仁到瑞丽市出差，看到世界各地的人竟都交汇在这里购买玉石，这勾起了他心中那份浓浓的玉石情结。杨牧仁想，玉必有意，意必吉祥，如果能发展一份将美玉分享传承的事业该多好啊！"比如我送一枚平安扣给我要离开故土去打拼新事业的朋友，就是希望他

翡翠王朝官网

平平安安。如果这枚平安扣的材质是南红，那就还有个寓意，希望他红红火火，既平安又红火，它饱含的感情寄托是非常丰富的。"

说做就做。在当时的2008年，"互联网+"的行业尚未成气候，这位初生牛犊的少侠凭着毫无根据的自信，竟已开始构思挖掘产业源头一手的优质产品、依托互联网创立一个珠宝玉石品牌，与时俱进地服务全国的珠宝同行和翠友！"当时的想法很简单，玉石是美好的物品，而云南又有着非常悠久的珠宝玉石文化和地缘优势。我觉得只要我们努力、找到正确的方法，只要我们心存善念，就一定能够成就一番事业，所以就启动了'翡翠王朝'这个项目。"

如今回头看，杨牧仁觉得对于创业，认准方向是第一位的。这个方向可以是三年或者五年，但是当你确定后，便再不改变，无论这其中遇到什么阻碍，都不改变朝它而去的勇气和行动力。"这个过程不叫努力。**努力也许只是没有目标的蛮力，没有进展也许你会放弃，所以光努力是不够的。你还得'熬着'，甘愿去'熬'。**"

琢玉成器

一些人的人生里一定要有一些东西的支撑，并一直追随，否则人生就不完整。

"我想那对于我来说就是梦想。"杨牧仁说这句话的时候，眼神坚定、嘴角上扬，好像人世间的市井纷扰都不曾牵绊过他。

梦想这个词在这个物欲横流的时代似乎被诠释的尽是虚空的缥缈，但在杨牧仁的价值体系里它的确是真正务实的所在。"你也许无法体会那种感觉，就是一定要去做，而不是只想怎么怎么做不了。比如，大家乘坐的泰坦尼克号就快要撞上冰山了，有人想到要不要跳海，但是又开始担心跳下去会不会淹死。有人看见海里漂浮着的木板，想象跳到木板之后也许会顺势漂上岸，可就在行动的那一刻又转念不敢跳，万一没有跳到木板上呢？还有人一边祈祷船不会撞上冰山一边一动不动，这是慢性自杀。"

在经历创业初期遭遇经济危机、创业伙伴新旧交替等等关卡的考验里，杨牧仁与翡翠王朝正在茁壮成长。2013年开始，翡翠王朝依托翡翠行业深耕多年、建立完整服务体系的前提下，向多个珠宝玉石领域进行拓展，先是聚合中国上百位玉雕名家打造了中国玉雕行业最具影响力的"玉雕界"品牌，此后又在深圳拓展了专注珠宝原创设计的"奈莎珠宝"品牌，在

经过雕琢的翡翠

四川西昌打造了中国南红项目里单体最大的项目"南红之谜"，以及聚合琥珀蜜蜡、和田玉、彩色宝石为一体的轻奢珠宝品牌"珠宝乐园"，并开发了"翡翠王朝"APP。

百分之一爱心俱乐部

在以往对杨牧仁的报道里，有人称他是儒商。儒商不是一个简单的概括，我无法当即推送予这位正当年的仁少，倒是愿意聆听他的"以义生利"："创业执业中，精耕细作不只是为了取得丰厚的业绩，更重要的是要建立一个在社会上值得尊重、值得信赖的企业。为善一定不是

坏事，它能为我带来源源不断的善意。"杨牧仁带着这样的信念参与了多次公益活动。2012年那个末日传说让他思

百分之一爱心俱乐部

考："如果真的只有一天可活，我要怎么做？死守着我的东西，不如把我的钱、我的精力花出去给别人，大家一起分享。"于是"百分之一爱心俱乐部"在翡翠王朝正式启动，"不需要太多。2012之后我们不是活过来了吗？只要每天用一个人1%的爱，就能积攒出一个大爱了！"

这些多元化的布局一直围绕着珠宝玉石产业进行，这种坚持也让翡翠王朝成为行业标杆。但这一切，杨牧仁将其归功于自己的伙伴们："翡翠王朝发展至今，对我而言最大的财富和最大的价值是我们有了很多一起共生共荣的伙伴。正是这群有善念善行的伙伴建立了一个充满正能量、值得信赖的制度体系。'翡翠王朝'这个品牌其实有很多内涵，用硬的标准来讲就是我们保证每一件珠宝都是正品，都经得起千百次检验。翡翠王朝旗下所有品牌上传的货品图片以手机拍摄为主，力求还原每一件宝贝最真实的品相。而且都支持'七天自由退换'，让顾客有充分反悔的余地，这是很值得我们骄傲的地方。"

谈及翡翠王朝的未来，杨牧仁希望迈向三个维度。

第一维度，成为一家综合类的珠宝公司。发展多个品类，并且会在多个细分领域里，比如像翡翠、彩色宝石、玉雕、南红以及具有东方文化的原创珠宝设计中做到数一数二。

第二维度，成为一家不同于以往的珠宝公司。以往的

珠宝公司，特别是翡翠行业，都是很传统的家族化模式。杨牧仁希望翡翠王朝成为一家奋斗者共同拥有的珠宝公司，像华为那样的大公司一样，让团队里的每一位伙伴都成为公司的主人，能够共同分享公司发展的实际利益，有着共同的荣誉感和归属感。

第三维度，就像每一件饱含美好寓意和情感的珠宝一样，翡翠王朝将会是一家很有文化，很有温情，很有节操的公司。

温其如玉

《诗经》有云："言念君子，温其如玉。故君子贵之也。"意思是经常谈论君子，温和得像玉一样。所以，君子贵重玉。

2016年7月，在四川相关部门的邀请下，作为一家专注珠宝玉石行业10年的企业，翡翠王朝与凉山南红之谜珠宝玉石有限公司正式达成战略合作，先期投资1.2亿元，正式进入南红产业，打造"南红之谜"品牌。针对南红行业的乱象，在行业力推"宝玉石级南红"的概念，厘清宝玉石级标准的评定，让消费者有更清晰的认知、放心大胆地购买。

作为一位珠宝人，杨牧仁认为自己有责任对行业、对社会承担责任。他说："推动行业的发展，需要每一个行业从业者的共同努力和推动。能力有大小，用心就好。我看到很多同行都在积极为产业的发展贡献着自己的力量，我们公司目前有能力为行业多出一点力、多做一点事，我们就多做一点，未来有更有实力的企业，我们也希望他们为行业发展多做一些实事。"

在杨牧仁看来，财富到了一定程度就可以满足，所谓的创始人、董事长、总经理，他只是利益集团的代表者。"当事业逐步做大，维系我们的不能仅仅是利益，应该是良好的友谊，是我们共同的愿景、信念和追求。我希望大家在一起永远都是有感情的，人与人之间有着美好的、温情的关系，实现我们的价值，有能力爱自己想爱的人，照顾好身边的亲人，这是我所期待的。"

写于 2014 年 9 月 30 日

徐淳君：每个人心中都有一个太阳

【绘画亦需要灵魂指引】

徐淳君，原名徐隽，油画家、版画家。作品以风景、花卉、蝶恋系列、迷惑系列等为主。2012年以来，他的许多作品被国内外博物馆、美术馆及艺术机构和藏家收藏。

和徐淳君的交谈像在打擂，那支一直专属于我的话筒老是被他"抢走"，他俨然好几次变成这次"话廊"里的主持人！我直截了当地问："您觉得您性格强势吗？"他倒是话锋一转反问我："你倒是一点儿也不怯场啊？"

其实，我提到的"强势"更包含一种韧性，对认定目标的坚持不懈、所向披靡。

"每个人心中都有一个太阳"

独有的审美哲学构成徐浡君绘画中的灵魂指引。他在画作中体现的，以及他在对自己创作理念的讲解中都透出他独有的辩证审美以及自己的哲学情趣。徐浡君反对"学院派"的创作模式，主张在体现"真善美"的前提里去寻找灵魂出窍的"真"。每个人的心中都有一个太阳，这就是徐浡君对于创作绘画的学术主张。

徐浡君认为，纵使西方艺术开启了心灵之旅，但是一个人的地域文化属性在表达自我本身时才是更重要的。"我的油画传达我本身的味道，有我自己的归属标签，不一定是国际性的体现。但是我认为彰显自己的文化才是重要的，里面有我自己的美学表达。它落在画布上对我来说每一次都是重新出发，每一座房子都是新的建筑，每一棵树都是彼时才抽枝发芽，每一种情绪都是我作画的当时当地和当时思考的一面镜子。"他拿出2003年自己刚开始创作的作品和现在的作品，从一开始的纪实写实到后期主观色彩的创作，由于加入了作者多元的感情元素，作品变得愈发生动起来。

徐浡君为自己各个时期的创作灵感分别归类，他将它们称之为"课题"。"蝶恋"系列透过强光与艳色的互动建构幻化和异变的审美冲击力；"K.S.T."系列展现以云南石林县圭山、昆明长虫山的喀斯特地貌进而引发人与生态关系的全面思考；后意念系列通过非具象敞开每一个人的不同心灵世界，得到全新的图释展现。

"在K.S.T.的有些作品中，我有意地设置了一些非'大众化'和'集体化'的个人精神性诉求，但实际上，这些看上去'非大众化''非集体化'的东西正是最大众化、集体化了。因为，比如说，苦涩感、不知所终感，是每个人会在生活中体验到的，但又经常以为是他人、在某部电影或小说中出现的感觉。因为人们不了解自己，不愿意去了解自己。实际上，自己是自己最大的陌生人。"

在阿特网采访徐浡君时专门提到这种苦涩感的出处："徐浡君的风景油画的思想深度建立在荒野哲学的基础之上，所谓荒野哲学就是以其对生命和自然的深刻体悟、对美丽荒野的细致描绘、对家园毁损和生存危机的忧患意识、对现代生活观念的历史性反思。"

《K.S.T.No.74 大糯黑》，80cmx80cm，2016年

徐浡君还提到当代艺术鼻祖杜尚的《泉》（小便器的装置艺术），他借此讨论生活与艺术的切身关联。"艺术这个概念也许根本不存在。比如我们真的有画派吗，有主义吗，有时代性吗？同一题材，在长期的艺术实践过程里，整个群体产生的艺术价值观和个人艺术理解很容易不一致，因为每个人是站在自己的身体里思考的，他的每一次思考都带有他个人的经验、学识、性情的参与，'群体人'这样的概念实际上是无法理解的。这有点像科技研究者，选课题也要选在行业的前沿，要不你的研究成果早已经是别人涉足过，你做的不过是重复。"

学习是为了避免重复

"读书、看展览、看画册、交流不是为了学习，更多的时候，是避免重复。否则艺术创作就变成一种人人可参与的大众娱乐了。"徐淳君再次亮出独具一格的观点，他认为自己画里的思想应当归功于作画之外大量看似毫无关联的阅读。从尼采、柏拉图、毛姆到王晓波、苏小康、李泽厚、阿来；从《尘埃落定》《月亮与六便士》《青铜时代》到《天堂在另外那个角落》《黄金时代》等。就像他在石林圭山为《喀斯特》系列创作写生时，在当地简陋的招待所里，每天晚上看王晓波的书作为放松方式，却每

《后意念eternity 1》，印张45张，绝版木刻，80.5cm x 67cm

每与王晓波的内心发出共鸣的碰撞。"通过阅读来思考人生，并把这些思想放入画里，便成为了我的艺术表达。"

读万卷书，还要行万里路。徐浡君有空就去尼泊尔、西班牙，法国，南亚、东南亚各国……他让自己全身心浸浴在充满信仰的异域人文里。无论是位于城市地标的艺术展览、古老旧城下斑驳里的阳光，抑或乡土气息里偶遇的儿童天真的目光，徐浡君不仅用心记录还用相机拍下真实生活下的俗世喧扰，朴素地表达着一个观者感受的具象。

有一年，他还带上女儿前往西藏阿里地区，朝圣神山之王冈仁波齐。近5000米的海拔上，父女俩相互搀扶、加油打气。为了更精准地捕捉与还原神山的震撼之美，徐浡君不顾艰辛，八小时里负重全钢机身的LeicaM6 和LeicaMM。女儿事后回忆说："父亲执着于在藏地找到他所追求的'灵魂自画像'，他孜孜地追求影像背后的震撼，也追求从更多角度和更深层次去思考。5632米的卓玛拉山，下山要比上山更为艰辛。我问过父亲：'带我去西藏，你害怕过么？'父亲说：'当然，每次进藏都有危险和困难，我害怕我照顾不好你。'也许父亲想象不到，下山路上的话，给我的感动远远多于神山的震撼。"

在人生的每一个拐点突破自己

刚从云南美术学校毕业后，徐浡君被分配到云南保山科协做摄影工作，每一次对于乡村的山水风光、朴素人文的镜头刻画都让他喜出望外，摄影应该是徐浡君未来走上创作道路的重要伏笔。

而后在香格里拉藏药公司工作期间，他采集并认识了丰富的植物种类，这为他以后诉诸笔端的植物幻化积累了极好的素材。

　　在成为一名职业画家之前，徐浡君曾画过广告牌、当公务员、连续几年为某报刊做通讯员、进入企业、下海经商。直到2003年重新拾起画笔时，不想之前看似"荒废"的岁月却炼就了人生里剑拔弩张的拐点，而这些多元的阅历铸成了人生里程碑里不可磨灭的沉淀，它们是毅力、恒心以及见解。就像他向我展示自己十年前后的作品变化时，我看出的是一个人也许穷其一生而应当作出的"人生积累"：以前的沉淀、当下的思想、未来的期许。

　　徐浡君的自我解读是："在我的创作中，浅层次的'事件'抓捕，始终处于基础的铺垫，为此我走遍藏区，拍摄记录了大量的藏地影像资料。当我的绘画愈是倾向于表现、主观化包裹着的世界时，我的摄影语言变得愈加的简洁和质朴。这也是我们看待世界的两种方式，两个视角，两种态度。它们互为补充，互为辉映——事物的里面和外面，抽象和具体，妖娆和敛约，自我和另一个自我。随着对生命意义的探寻，结合绘画创作上的实验，在有意无意之间，定格那些灵动的臆想成了我个性化的影像追求。"

　　2009年，一场眼疾让徐浡君在生死的宏大主题下思考良多。他认为这是自己人生的另一个拐点，"**对于我来说人生就有那么几次为数不多的拐点，重要的是抓住时机、突破了自己。**"

　　徐浡君在展望自己的艺术创作时说道："一生有20%~30%的精品就很可以了。"

　　我想，这句话放进人生里打探，又何尝不是呢？

写于 2017 年 5 月

松井勝美：迎着太阳光绽放 "空气感"

【探访艺术品印刷匠人——松井勝美】

"京都，或许是世界上首屈一指的手工业城市。"

专门宣传日本传统产业文化的日本樱花编辑事务所编著了《京都手艺人》，里面集齐了五十位手艺人和五十种传统日本工艺的技艺与发展。尽管面临全世界范围内手工制品技艺的逐渐消逝，作为有自己文化品牌的服务型国家，京都及日本全国在传统礼仪、技艺等方面仍然坚守延续。走在京都，无论是神社、西阵织、舞妓演出、佛阁、器具……所碰触的任何人与物，都渗透出一种无法言喻的美，是自然环境的美，也是人文环境的美，更是人与人相处之间带来的美感。即使离开日本许久，这样的美也长久地回荡在绵延的思绪里。

在京都诗歌碎片出版社社长松崎義行和中国籍诗人田原教授（先后出版了《田原诗选》等五本诗集，现任教于日本国立东北大学，并同时兼任东京大学外国人研究员）的引荐下，我很荣幸地探访了位于京都市南区吉祥院的SunM Color艺术品印刷株式会社，并与社长松井勝美进行了对话。

松井即将迎来自己的八十高寿，在中国国内，这样的年纪应是颐养天年。而365天里，松井几乎每天清晨四点半到公司开始一天的工作。日本的星期用五行和日月表示，从周一到周日，分别是：月，火，水，木，金，土，日。松井说自己没有休息日，所以他的"星期"是两个月、两个火再加上各一的水、木、金组成的。

松井定义的"艺术印刷"是通过现代印刷技术再现艺术化。对于古董、古画的印刷品制作，他带上敬意去理解并翻阅当年这位艺术大师的创作背景与创作时代的文献资料，然后通过SunM Color独有的印刷技术逼真地将原作灵魂复原在纸上；对于现代艺术家的作品，他会更早地与原作者充分交流、沟通，除了在纸面上再现作者原本情感元素以外，这份印刷品还

位于京都的SunM Color株式会社的产品展示

会同时展现松井及其团队对原作的理解，比如色彩浓淡与明暗的对比感。最快的一幅艺术印刷品也要花上一个半月之久。

原作品被细致、活灵活现地浮现于纸面上，看上去像是刚刚在纸上作画一般，充满"空气感"的通透。松井说，他在一开始进行这份工作时希望达到的境界便是"打开（印刷书籍）的时候就像看到花儿正迎着太阳光盛开，让人迫不及待想去看第二页以后的纸上又展现了什么"。

松井与日本当代艺术家居川隆子、森田夏实、桥本健次等合作，将他们的创作绘画或者摄影作品完整复刻。

2016年的东京艺术大学展示会上的成品由SunM Color负责印刷，首相安倍晋三前来参观并给予肯定。

在日本当代著名作家三岛由纪夫诞辰90周年纪念之际，SunM Color发行写真集《蔷薇刑》纪念这位英年早逝的文坛巨匠。写真集虽是黑白印制，实则通过四种颜色的油墨精心调制配比，这本印刷集在日本风靡一时。

还有，中国、新加坡、澳大利亚都是松井合作与出口的国家。

活法：极致

稻盛和夫在《活法》之《自己的人生之戏如何编演》里讲道："希望人生之戏内容丰富、情节生动，那么，一天一天，一瞬一瞬，冠以极度二字的认真态度必不可少。

比对日新月异的中国当下，街头随机问上一位年轻人，都换上四五份工作了。最近，国内还推崇"斜杠青年"，大意是年轻人身兼数职、玩转跨界。

日本人穷其一生只从事一项工作的单一性真是令大多执着于五光十色的外国人着实费解。松井一生就只是

195

一位印刷职人，他精湛的印刷技艺在日本得以传颂。印刷一类的事情看似容易，实则最难做好，因为需要极致与笃定。

15岁时，松井在家附近的活字印刷厂开始了人生之路。6年以后，他敏锐地觉察到随着未来的时代进步，彩色印刷无疑将取代黑白印刷。于是他说服工厂引进了当时市值280万日元的彩色印刷机，这个决策与行为在当时是相当超前。此后，松井便开始钻研新机器、研发新产品、发展

超高精细印刷技术说明

市场。之后他调任另外一家印刷厂内独立担当起彩色印刷的市场推广重任。

46岁，松井与妻子蓄积了丰富的印刷工作经验，并深感身兼传播日本悠久艺术文化的使命感，他们开设了SunM Color艺术品印刷株式会社，专门印刷各类艺术品的纸质复刻产品。

松井解释，公司名称中的M是自己名字的缩写；Color是颜色，寓意着彩色印刷事业的坚守；Sun是太阳光，印刷之事要如太阳光一般还原最真实的自然色彩，并期冀企业将一直迎着太阳不断提升行业水平，传承悠久日本文化。

32年来，SunM Color不断改进印刷技术、引进先进科技设备，秉承传统活字印刷造法并融入现代化的工艺机

器，将化学元素与设备机制进行不厌其烦地多次排列组合，研发在色彩饱和度与精密程度上更加超高精细的印刷方式。SunM Color的印刷成品包括书籍、画册、画轴、屏风、日历、明信片等纸质印刷品。

比对SunM Color与其他印刷企业的印刷制品，在超高倍放大镜下可以看到SunM Color的印刷色素颗粒细腻与密集程度是其他家的数千倍。

我问松井坚持一生的唯一一份工作究竟是在坚持什么？

SunM Color复刻的古画艺术

他答："好东西被制作出来并留于世上。随后，每个时代都存在有眼光的人，好东西会通过他们留存下去。"现在的日本生活富足，人们会更倾向于追求精神领域的探索。松井认为即使自己作为一名经营企业的经营者，也不会为了追赶时间来完成产品印制，物质财富只是专心致志产出的其中一个结果。他对艺术印刷的期许应该像奥林匹克比赛上的尖端竞技一样，因为对艺术印刷的深爱而下功夫将艺术印刷提升至更尖端的境界。

而在这份境界里，没有国度，松井希望能与世界上其他国家的印刷同仁共同牵手、共同提高印刷界的整体水平。

"大和精神拥抱中国"

松井坦承，日本的文化源于中国，中国的文化底蕴深厚悠久。早年还在印刷厂做学徒时，由于喜爱中国的敦煌艺术，便从那时起确定了方向——将来一定要把悠久的艺术文化努力传承下去。

30年前，松井与团队曾前往中国江苏苏州考察，不过当时当地并不具备艺术印刷氛围。15年前，松井在日本的客户前往山东青岛开立印刷厂，并邀请松井担任顾问。松井亲自负责引进印刷设备、调试机器、培训技术人员。他觉得中国的印刷市场正在逐渐发展，中国人也越来越有积极性，主动想提高。最近，他计划再来中国考察，以中国一家工厂为示范点，提供技术支持，引进中国人员赴日本参加培训，再把技术带回中国，共同提升印刷质量。

至此，SunM Color复刻了中国各个朝代、时期的书法、绘画等艺术作品。不单单考虑怎么呈现古代美，更要考虑印刷品的保存时效，松井严格挑选印刷纸张，大多数复刻产品选用日本和纸印刷。在SunM Color近十年作品陈列展示厅里，中国元素的古董、古字画"空气感"一般的逼真再现，宛如真迹。

2017年9月，丝绸之路国际艺术展将在日本东京开幕。SunM Color作为捐赠方也将出席展览。夫人松井久美子说，中国有更先进的科技、更悠久的文化，希望将来这样的展览是在中国展出，是日本与中国共同举办，SunM Color也希望能在其中助力增光。

"不为名，不求利，但求坚守与传承。也许这就是大和精神的精髓。"松井解释说。

写于 2017 年 6 月

后 记

　　法国有一名画家叫卢梭，他称自己是"星期天画家"，因为周一到周五他得在邮局上班，只有周末才能画画。

　　于是我称自己是"星期天主持人"。因为在过去四年的时间里，我是用八小时以外的时间访谈了世界各地近五十个人并挑选了其中的三十位完成了这本《Miss柯话廊》。

　　首先，我在内心里诚挚地感谢所有答应我的邀约、坐在我的对面、与我娓娓道来他或者她的故事的、亲爱的每一位访谈嘉宾。谢谢你们信任我，谢谢你们让我这个爱脑补画面的脑袋里"演绎"了你们精彩的人生片段，谢谢你们对这本书的鼎力支持！

　　上学时读到杜威的《确定性的寻求》，朋友解嘲题目说的就是我这样害怕改变的人。是的，我几乎没有失控过。一直到生活改变了我。从恐惧变化到勇敢面对，我想我逐渐认识到确定性寻求的反面，不是冒进与无畏，而是一种风险意识，意识到恰当的行动习惯需要靠创造性地摸索于失败之中，支配挑战而得到发展和维持。

　　而26岁时经历生死离别，像是树的年轮，这些和生死相关的成长于我是一次蜕变。那时一度低迷、不理解上天究竟要将降如何的大任。在餐厅里画了一幅160厘米长的油画《最后的晚餐》，时常一个人对着画中间的耶稣大声哭喊："你到底要我明白什么？"依然没有参悟，但是生活还得继续。

可是这几年不知是什么驱使，我能感觉到自己活得那么使劲儿。我想，我逐渐明白了人生的意义。

现在回忆起我单枪匹马从建材市场扛回零散的材料再把它们敲敲打打组装成家具；我独自居住的这几年里害怕沮丧过后仍然大拍胸脯要自己昂首挺胸；无数个陌生城市里邂逅的陌生人对我投来的温暖的帮助；我开始在旅行的途中主动搭腔同样陌生的男女老少并用心聆听了他们的故事；卢浮宫里那个1岁的中东小童毫无征兆地跑进我的怀里、让我第一次去想象假如我有一个女儿拥她在怀里时定是这般如芳香的棉花糖融化在心窝；我在路上迎面遇到一对花甲老人牵手散步便默默地在他们身后尾随欣赏了半小时；我在山里居住时小心翼翼地从身上拿下小动物放它们回归田野；为了克服恐高我做足了安全攻略的同时去体验了滑翔伞……那么用力地感受生活，生怕会辜负了任何一次美意，即使它可能只是美错。

肖锋在采访我时，问到我的父母给予我的是什么？

我叫我的父亲"勇哥"、母亲"松松姐"，他们很与时俱进，据民测比我更有气魄、酒量和体能。

在1983年组织还要求集体婚礼的风向下，勇哥跳出来反对："不！我要旅行结婚。"然后他带着松姐一路北上领略祖国风光。到现在也是。有一次我深夜加班回到家，看见家里的微信群里上传了我父母站在他们朋友开的Bar

里、最中间舞台上跳舞的视频，我的上帝！我还没有如此大胆过呢！

我用当代李白来形容父亲：胸中仍有满腔抱负、豪情万丈、诗情画意，却一直得不到抒发。如李白一样，不愿意屈服于现实的条条框框束缚、不肯向世相低头……于是只好举杯与明月彩霞共饮，对酒当歌，人生几何啊。不过，幸运的是，他的生命中出现了她。我的母亲，与他男才女貌、比翼双飞，在外面是个女强人，在她爱的男人面前，却可以把自己放得很低很低。

松姐是我这一生的榜样。可能我永远成为不了像她那样，可是我会一直把她当做方向，努力靠近。她在我上小学时便开始带我做义工，用行动教会我用恻隐之心回应这个世界。

在银行工作期间，我还采访了王石口里的"坚果皇后"陈榆秀，她说我呆在自己并不擅长的领域四年太浪费和不果断了。但当我离开银行再回看时，我看到的是收获：在工作以前，我很外放、聒噪得像鸟鸣一样，从未内观过自己……金融系与新闻系很相反，在我看来，他们很严谨又内向。于是在金融圈这"无所适从"的四年里，我从外放逐渐转为内化和专注，没有太多噼里啪啦说话的机会，但多了低头审慎的时间，再通过笔尖释放时发现这些触动与细腻的确更让人与人之间可以产生心灵交汇。

坐在"Miss柯 话廊"的对面，我的嘉宾说起动人的情节时微小但真切的眉梢眼角的变化我都看在了心里……我想，每个人来到这个世界上，都是经过，一个人的行走，却与无数的别人的参与交相辉映。生活，绝对是在和别人的参与里创造出来的。感恩每一个之前与我擦肩而过的人，是他们铸成了我人生的里程，我的光辉夺目里绝对少不了"别人"。

那么，这一世能遇到的你们中的每一位，已是甘怡。

nn 深夜于春城昆明金殿

2017年7月12日

Miss 柯 话廊——温润笔触对谈三十位有态度、有行动的时代人物